U0932949

The Lady of the Camellias

茶花女

【法】小仲马◎著　杨风帆◎译

天津出版传媒集团
天津人民出版社

图书在版编目（CIP）数据

茶花女 / (法) 小仲马著；杨风帆译. -- 天津：天津人民出版社, 2016.6（2020.3重印）

ISBN 978-7-201-10499-7

Ⅰ. ①茶… Ⅱ. ①小… ②杨… Ⅲ. ①长篇小说—法国—近代 Ⅳ. ①I565.44

中国版本图书馆CIP数据核字(2016)第127968号

茶花女

CHA HUA NÜ

出　　版　天津人民出版社
出 版 人　黄　沛
地　　址　天津市和平区西康路35号康岳大厦
邮政编码　300051
邮购电话　（022）23332469
网　　址　http: //www.tjrmcbs.com
电子信箱　tjrmcbs@126.com
责任编辑　刘子伯
印　　刷　北京欣睿虹彩印刷有限公司
经　　销　新华书店
开　　本　880×1230毫米　1/32
印　　张　6.5
插　　页　8
字　　数　208 千字
版次印次　2016年6月第1版　2020年3月第3次印刷
定　　价　23.80元

This marble stood there uprightly, the graveyard was surrounded by a circle of iron fences, covered with white camellias.

(P30)

A young man leant against the fireplace. (P56)

She went to sit on the rug in front of the fire as usual, looking at the fire thoughtfully. (P95)

After coming home, I cried like a child in sorrow. Any man who had experienced such cheat once would know how much pain I had.

(P99)

In addition, from where I was, I saw a beautiful three-story building standing on the shore, and there was a semicircle fence in front of the door. (P118)

Sometimes she just sat on the lawn for a whole hour, looking at a kind of common flowers for her name. (P125)

Day dawned gradually. (P155)

He was reading a book. (P157)

前言

玛格丽特是巴黎红极一时的“社交明星”，人称“茶花女”。

一个晚上，玛格丽特遇到了奥尔马，并爱上了对方，却遭到了奥尔马的父亲迪瓦尔先生的反对，要求她与阿尔芒断绝关系。为了奥尔马和他的家庭，她只好给阿尔芒写了封绝交信，又开始了昔日荒唐的生活。她重新接受了瓦尔维勒男爵的追求，奥尔马也怀着痛苦的心情和父亲回到家乡。

奥尔马深深地怀念着玛格丽特，他又失魂落魄地来到巴黎。他要求她与自己一同逃到没人认识他们的地方，守护他们的爱情。玛格丽特没有答应，因为她已经起过誓，奥尔马误以为她和男爵有过海誓山盟，便写信侮辱她。玛格丽特受到了刺激，从此一病不起，而且越来越严重。临死前，债主们都来逼她还债。执行官奉命查封了她的全部财产，等她死后就进行拍卖。弥留之际，她不断地呼喊着奥尔马的名字，“从她的眼睛里流出了无声的眼泪”。她始终没有再见到她心爱的人，死后只有好心的米利为她入殓。当奥尔马看到玛格丽特的日记时，他才知道了她高尚的心灵。“除了你的侮辱是你始终爱我的证据外，我似乎觉得你越是折磨我，等到你知道真相的那一天，我在你眼中也就会显得越加崇高。”

奥尔马怀着无限的悔恨与惆怅，专门为玛格丽特迁坟安葬，并在她的坟前摆满了白色的茶花。

目录 Contents

第一章

我一向坚信，只有对人物本身悉心研究过的人，才有可能塑造出活灵活现的人物形象，就像只有认真地学习过某种语言，才会讲该语言一样。

由于我现在对文学创作还没有达到笔下生花的程度，所以只好满足于平铺直叙了。

我诚恳地希望读者能够相信这个故事的真实性，到现在为止故事里面出现的所有人物，除了女主人公外，至今都还活在世上。

此外，我所记录的大半故事，在巴黎都有很多的见证人，倘若我的记录不够令人信服的话，他们可以出面为我作证。出于某些特别的原因，唯有我才能完整地将这个故事记录下来，因为也只有我对这个故事了解得巨细无遗，不然，我如何能写出这部完整又兴味盎然的故事来呢？

下面就来说说我是怎样了解到这些详情的。

一八四七年三月十二日，我在拉菲路看到一张大幅的黄色广告，宣称将要拍卖大量家具和珍贵古玩。本次拍卖是在物主过世后举行的。广告上并没有提到物主姓名，只说到拍卖将于十六日中午到下午五点钟，在安泰街九号进行。

广告另外写到，这个月的十三和十四号，大家还可以参观这套公寓和家具。

我一直是个古玩爱好者。于是心想这次一定不能坐失良机，即使什么也不买，也要彻彻底底地饱个眼福。

第二天，我来到了安泰街九号。虽然时间还早，可是公寓里已经有很多参观者，甚至也有女性。虽然她们都穿着高级的丝绒服装，身披华贵的开司米披肩，门口还恭候着豪华的四轮轿式马车，但是她们仍然都惊讶地、专注地、甚至还羡慕地欣赏并赞叹着展现在她们眼前的奢华陈设。

不久，我就理解她们为什么这样羡慕和惊讶了。因为我四处观察了一阵，马上就明白了自己正待在一个靠情人供养的女人也就是一位高级妓女的房间里。可是，上流社会的妇女想看到的，也正好就是这种女人的内室，而这里恰好有一些上流阶层的妇女正在参观这寓所。这些女人靠人供养并拥有华丽的马车，在她们乘马车外出的途中，每天都会向贵妇人的马车上溯溅泥浆。她们跟那些贵妇人一样，在意大利的歌剧院都订有包厢，坐在她们隔壁甚至和那些女人一起谈话。她们每天厚颜无耻地在巴黎卖弄她们的风骚、炫耀她们的珠光宝气和财富地位。

现在我参观的这所房间的女主人已经故去，因此如今连最贞洁的女人都可以随意出入她的房间，参观她的卧室。死神已经将这个富丽堂皇而又藏污纳垢的房间净化干净。再说，如果一定要有一个缘由的话，她们的借口是，她们是来参加拍卖的，之前并不知道这是谁的家。她们看到了广告，想来观赏一下广告上推荐的东西，只是预先挑选一番而已，这是再正常不过的事了。而这并不影响她们从所有这些奇珍异宝中，探寻这个交际花的生活痕迹。再说，她们已经从别人的谈话中，听到过和这个交际花有关的一些非同寻常的故事了。

不幸的是，那些秘密的事情已随同这个女主人一起消散了，不管这些贵妇人的期待和愿望有多良好，多不可思议，她们也只能是获得死者身后留下来的要拍卖的物品，却丝毫也看不出女主人生前操皮肉生涯的痕迹。

幸好，值得买的东西很多。这里陈设富丽堂皇，雕刻物精美华丽，有布尔制作的玫瑰木[1]家具，塞弗尔[2]和中国的花瓶，萨克森[3]的小塑像，绸缎、丝绒和花边刺绣品，真是琳琅满目，应有尽有。

我跟随着那些比我先来的好奇的贵妇们，在住宅里信步而行。她们走进一间拉着波斯帷幕的房间，当我也正要跟着进去的时候，她们却随即微笑并摇摆着退出来，仿佛对这次新的猎奇感到羞耻。但是这反而更激起了我想马上踏入这个房间的强烈欲望，以探个究竟。原来这是女主人生前的梳妆室，里面摆满了各种最精致的玩意儿，从这里看出死者生前的挥霍无度到达了顶点。

靠墙摆放着一张宽约三尺，长六尺的大桌子，阿克卡和欧蒂昂[4]制作的各种珍宝在桌子上面闪闪发光，可谓琳琅满目，真是洋洋大观、华丽非凡的一套收藏。这千百件珍藏品对于居于这房间内的女主人而言，是梳妆打扮不可或缺的必备之物，而且其中没有一件不是金器或银器。很显然，这么多的收藏品只能是逐渐地收集，也不是某个情夫一个人就能搜罗齐全的。

我目睹着这间属于一个由情人供养的女人的梳妆室，心中并未感觉到不悦或者厌恶，无论是什么东西，我都饶有兴趣地仔细观察欣赏了一番。我发现，所有这些巧夺天工的器具，都镌刻着各种不同的姓氏的首字母和形形色色的徽章。旧时贵族家庭的族徽，通常被镌刻在该家族的器物上。

我瞧着所有这些物品，其中每一件都使我想到这个可怜姑娘的一次肉体交易。我想，上帝对她还算宽宏大度，因为毕竟没有让她遭遇通常的那种惩罚，就是面对风烛残年的晚年，而是让她带着那如花似玉的容貌，在奢华中死去。对于那些交际花来说，年老色衰就是她们的第一次死亡。

确实，还有什么比放荡堕落的晚年——尤其是对于女人——更为惨不忍睹的呢？她们的晚年过得没有一丝尊严可言，也不会引起

① 原产于巴西的高级木材，因能散发出玫瑰花香得名。

② 法国村镇，著名瓷器工业中心。

③ 德国著名瓷器、食品、纺织中心。

④ 18~19世纪巴黎著名的金匠。

别人的丝毫关心和同情。这样抱恨终生，并不是因为追悔过去误入歧途，而是悔恨自己一再失算和用钱不当，这种命运恐怕是人们能够听说的世界上最悲惨的了。我认识一位曾经风流一时的老妇人，过去的生活只把一个女儿留给她，据她那时候的人说，她的女儿几乎同她母亲年轻时一样漂亮。这位母亲从来没有对这个可怜的女儿说过一句“你是我的女儿”，反而要她给自己养老，就像她作为母亲把她从小抚养大一样。这个可怜的女孩名叫路易丝，她听从母亲的意思开始了委身于人的生涯，既毫无选择，也毫无兴趣，更毫无热情，仿佛是有人想要她从事某种职业，她就从事这种职业一样。

长期以来耳濡目染这种堕落的生活，并且过早地沉湎于此，再加上这个姑娘常年体弱多病，这一切扭曲了她分辨善恶是非的能力，这种能力上帝也许给予了她，但是没有人想过使它得到发展。

我会永远记得这个姑娘，她几乎每天总是在同一时刻走过大街。她的母亲片刻不离地陪伴着她，这样持之以恒，如同一个真正的母亲陪伴自己的亲生女儿一样形影不离。那时我还年轻，很容易沾染上那个时代社会的轻佻风尚。但我还是记得，每当看到这种丑恶的令人非议的监视行为，我发自内心地感到蔑视和厌恶。

除此之外，任何处女的脸上，都不会有如此天真无邪的情态和这样忧郁而痛苦的表情。

这简直可以说就是一张委屈女郎[①]的面孔。

有一天，这个姑娘的脸上突然展现出一丝喜悦和豁然开朗的神情。在她母亲一手包办的堕落生涯里，天主仿佛赐予了她一点获得幸福生活的权利。说到底，天主既然已经塑造了她软弱无力的性格，为何不让她在痛苦的生活重负下得到一点点的慰藉呢？终于有一天，她发现自己怀孕了，她身上还有的那么一点圣洁的思想，使她欣喜得全身战栗。人的心灵总有一些古怪的避难所和寄托。路易丝立刻跑去把这个使她欣喜若狂的消息告诉她的母亲。这说起来实在是一件令人难以启齿的事，但是，我们并不是在这里随意编造一

① 巴黎圣额斯塔什教堂中的一座大理石雕刻的妇女头像，因其面容带有哀怨隐忍之情而得名。

些伤风败俗的故事，而是在讲述一件真人真事。如果我们认为没必要时不时地揭露这些女人的苦难的话，我们索性闭口不谈也许更好一些。人们常常谴责这些女人，又不听她们的申诉，蔑视她们，又不公正地对待和评价她们。我们觉得难以启齿，但是做母亲的居然这样回答她的女儿：她们两个人的生活已经不太够花销，三个人的话就更入不敷出了；再说，这样的孩子一无用处，因为怀孕不做生意也是白白浪费时间。

第二天，有一位助产婆——我们暂且把她当做女孩母亲的一个朋友——来看望路易丝。路易丝卧床数日，病好后脸色比过去更苍白、身体更虚弱。

三个月以后，有一个男子对她心生怜悯和爱慕，设法要医治她身心的创伤，然而这最后一次打击太厉害了，路易丝最终由于流产的严重后果，不治而逝。

她的母亲仍在人世，生活得怎么样？大概只有天知道！

正当我凝视着那些金银匣子的时候，这个故事便浮现在我的脑际。看来在我沉思凝想的时候，已经过了相当一段时间了，因为屋子里只剩下我和一个看门人，他正在门口严密地监视着我，看我是不是在偷窃。

我走近这位看门的老实人，他已被我弄得惴惴不安。

“先生，”我诚恳地对他说，“您可以告诉我这房间的主人叫什么名字吗？”

“玛格丽特·戈迪尔小姐。”

我知道这个姑娘，并且还有过一面之交呢。

“是吗？”我对看门人说，“玛格丽特·戈迪尔去世了吗？”

“是的，先生。”

“什么时候去世的？”

“大概三个星期前吧。”

“那为什么让人来参观她的公寓呢？”

“那些债权人觉得只有这样做才能抬高拍卖价。买主可以预先看看这些织物和家具，您明白，这样可以提高价格招徕顾客。”

“这么说，她还欠下债了？”

“噢！先生，欠了一大笔债呢！”

“那么，拍卖得的钱可以付清那些债务了吧？”

“差不多，应该还有剩余。”

“那么，剩余下来的钱会给谁呢？”

“给她的家属。”

“这样说，她还有家？”

“看来有。”

“谢谢您，先生。”

看门人摸清了我的来意之后就感到放心了，还对我有礼貌地行了个礼，于是我走了出去。

“可怜的姑娘！”在回家的路上，我心里想着，“她必定死得很惨，因为在她这种生活圈子中，只有身体健康的人才会有朋友。”我不由自主地对玛格丽特的命运产生了同情和怜悯之心。

很多人可能对此感到荒唐可笑，但是我对这些烟花女子是很宽容的，我甚至觉得犯不着为这种宽容与人争辩什么。

有一天，我去警察局领取护照的时候，看到旁边一条街上有一个妓女被两个宪兵押走。我不知道这个姑娘到底做了什么事。我所看见的只是她抱着一个才几个月大的婴儿，哭得泪如雨下，也许因为她被逮捕后，母子就要骨肉分离了。从这一天起，我便再也不会轻易地蔑视一个刚见面的女人了。

第二章

拍卖会在十六日举行。

在参观和拍卖之间安排有一天间歇的时间，这段时间是留给挂毯工人用的，他们可以在这段时间内拆卸帷幔、窗帘等饰物。

那时候，我正好刚从外地旅行归来。当独自一人回到消息灵通的首都时，我的朋友们总会告诉我一些重要的新闻，然而，没有人把玛格丽特的去世作为要闻告诉我，这也是相当自然的。玛格丽特长得风致楚楚，但是，这些女人的生活越是引起街谈巷议，她们的死便越是悄无声息。她们犹如某种星星，升起和陨落时一样黯然无光。倘若她们年纪轻轻就夭折了，那么她们所有的情人就会同时获知消息。因为在巴黎，一位交际花的所有情人差不多都融洽无间。他们在一起时会你一言我一语地回忆几件她过去的事，然后彼此将照旧继续生活交往下去，毫不受其影响，甚至没有一个人掉一滴眼泪。

现在的人到了二十五岁，眼泪就变得非常少见，当然不可能随便对什么女人轻易抛洒同情之泪。至多也就是为曾经为他们花过钱的父母们掉几滴眼泪，作为对他们花钱养育自己的报答。

至于我，虽然在玛格丽特的任何一只梳妆匣上，都没有以我名字的首字母组成的图案，可是我刚才承认过的那种出于本能的宽容和那种天生的同情怜悯之心，却使我对她的辞世久久不能忘怀，尽管她超出了值得我如此缅怀的程度。

我记得过去时常在香榭丽舍大街碰到玛格丽特，那时她总是坐在一辆由两匹枣红色骏马驾着的蓝色四轮轿式马车里，每天一准到达那里。那时我注意到她身上有一种罕见的不同于她那一类人的高贵气质，这种气质使她的美貌韵色更添风采，更显得不同凡响。

通常这些不幸的女子出门时，身边总是有人陪伴着。

这是由于这些女人都害怕孤独和寂寞，加上任何男人都不愿意把自己同这种女人的夜夜恩爱公之于众，因而她们外出时总是带着女伴，这些女伴的景况都和那些女人有着无限的差距，她们没有自己的车子，而且大多是爱搔首弄姿的老妇人，只是任凭如何打扮，都已无法显示出俏丽的容颜。假使有人想知道她们所陪伴的女子的任何私情秘事，那么，尽可以毫无顾忌地去向她们请教。

玛格丽特却与众不同。她总是独自一人坐车到香榭丽舍大街，冬天裹着一条开司米大披肩，夏天穿着十分素雅的连衣裙，尽量不惹人注意。虽然她在这条她时常散步的街道上有很多熟人，她也仅仅是偶尔对他们莞尔一笑。也只有这些熟人才可以看到她这种仿佛只有公爵夫人才有的微笑。

她也不像其他同行那样，在圆形广场与香榭丽舍大街入口之间踟蹰。她的那两匹马常把她飞快地拉到布洛涅园林[①]，她在那里下车，漫步一个小时，然后重新登上她那华丽的双座四轮轿式马车，驱车疾驶回家。

所有这些情景我以前都目睹过，如今依然历历在目，这个姑娘的夭折令我非常痛惜，如同人们惋惜一件精美的艺术品被毁坏一样。

的确，再也不可能看到像玛格丽特一样迷人的美女了。

她身材颀长苗条，有点过于高挑，可是她拥有一种精妙绝伦的才能，只要在穿着上稍稍花些功夫，便可以掩盖造化的这个小小疏忽。她披着长可及地的开司米大披肩，两边留出丝绸连衣裙宽阔的边饰。厚厚的手笼包藏住她的手，紧贴在胸前，四周围满了褶裥，做工十分精巧，无论用怎样挑剔的眼光来看，线条的曲折都是无从指责的。

她的头发非常秀美，仿佛经过精心修饰，显得小巧玲珑，就像

① 巴黎近郊的一处旧时上流社会人物聚游的景点和游乐胜地。

缪塞[①]所说的那样，她的母亲仿佛有意把她生得这么小巧，以便于精心雕琢打扮。

在她艳若桃花的鹅蛋脸上，嵌着两只乌黑的大眼睛，两道弯弯的黛眉，如同画就一般；眼睛罩上了浓密的睫毛，当睫毛低垂时，在嫣红的脸颊上投下一缕淡淡的阴影；纤巧、挺秀的鼻子充满着灵气。由于对肉欲生活的强烈渴望，鼻翼微微向外张开；嘴巴端正匀称，柔唇优雅地微启时，便露出一口洁白的牙齿；皮肤就像未经手触摸过的桃子上的绒衣一样而显出颜色。这便是她那迷人而充满魅力的脸蛋的全貌了。

黑玉般的头发，不知是否是天然卷曲的，在额前分披成两大绺，消失在脑后，露出两个耳垂，两只钻石耳环熠熠发光，每只价值大约四五千法郎。

玛格丽特虽过着纵欲的生活，但她的面容却呈现出处女般纯真的神态，甚至还带着一些稚气，这点难免让人百思不得其解。

玛格丽特有一幅很好的自己的肖像画，它出自维达尔[②]之手，也只有他的手和画笔，才能把她画得如此惟妙惟肖。在她去世以后，这幅画曾在我手里一段时间。这幅画画得确实活灵活现。对往事的记忆也许会有疏漏，而这幅画却能弥补不少我记忆的缺失。

这一章里描述的详情，有些是我后来才知道的，不过这些将在下面的文字中一一谈到，以免开始讲述这个女子的轶事时，再回过头来提起。

每逢剧场首场演出，玛格丽特一定光临。每天晚上，她都在剧场或舞厅里度过，只要有新戏上演，十有八九会在剧场里见到她。她总有三样东西不离身：一副观剧望远镜、一袋糖果和一束茶花，并且总是放在底层包厢的前栏上。

这些茶花一个月里有二十五天是白色的，另外五天则是红色的。从来没有人知道茶花颜色变化的原因，连我也无法解释个中缘由。在她常常光临的那几个剧院里的常客，还有她的朋友们，都和

① 19世纪时的一位法国浪漫主义诗人、小说家和剧作家。

② 19世纪时法国的一位知名油画家。

我一样注意到了这件事。

除了茶花，谁也没看见玛格丽特带过别的花。因此，就在她经常去的巴尔荣夫人的花店里，有人给她取了“茶花女”这个绰号，并一直流传了下来。

另外，如同在巴黎的某个圈子里生活的所有人一样，我知道玛格丽特做过一些风流倜傥的翩翩少年的情妇。对于这些，她毫不隐瞒，而他们则自吹自擂，可见，这些情夫和他们的情妇彼此都是心满意足的。

然而，据说有一次，从贝尼尔[①]旅游归来以后，有三年左右的时间，她只和一个外国老公爵一起生活。这位老公爵富可敌国，千方百计要她结束过去的生活，看来她也心甘情愿地听从老公爵的摆布了……

关于这件事，别人是这样跟我说的：一八四二年春天，玛格丽特身衰体弱，气色也愈来愈不好，医生们建议她到温泉去疗养。于是她便动身去了贝尼尔。

在那里的病人当中，就有那位公爵的女儿，她不仅和玛格丽特有着同样的病症，而且长得极为相似，以致别人甚至会把她们看作姐妹俩。然而公爵小姐的肺病已经到了第三期，玛格丽特来了之后没几天，公爵小姐便撒手人寰了。

正如有些人总是愿意待在埋葬着自己亲人的土地上一样，公爵在他女儿离开后就一直留在贝尼尔。一天早上，在一条小径的拐角处他遇见了玛格丽特。

他仿佛看到女儿的亡灵在眼前掠过一样，便朝她奔过去，抓住她的手，泪流满面地抱住她，也不打听清楚她到底是谁，只恳求允许他能够经常看到她，允许他把她当作自己逝去的女儿的影像来爱她。

玛格丽特只是跟她的侍女一起来到贝尼尔，再说她也丝毫不介意自己的名声受到玷污，便欣然允诺了公爵的请求。

在贝尼尔，也有一些人认识玛格丽特，他们特意来拜访公爵，把玛格丽特小姐的真正身份告诉他。这对老人来说是当头一棒，因

① 在上比利牛斯山区，法国著名的温泉疗养胜地。

为这样一来她就再也谈不上跟他女儿还有什么相似的了，然而为时已晚。玛格丽特已经成为他心灵上的一种慰藉，甚至成了他赖以生活下去的唯一理由和唯一借口。

他丝毫不责备玛格丽特，何况他也没权力这么做，但是他问玛格丽特，她是否能够改变自己的生活方式，作为交换的条件，他什么都愿意答应她，以弥补她的损失。玛格丽特于是答应了下来。

需要说明的是，玛格丽特生性热情奔放，当时正在患病。她觉得以前的生活方式是自己患病的主要原因之一。用迷信的话来说，她希望天主将美丽和健康留给她，作为自己悔改和皈依的交换。

幸运的是，夏末秋初的时候，由于常常洗温泉澡、散步，适当的活动和充足的睡眠，她差不多已经恢复了健康。

公爵陪伴玛格丽特回到了巴黎。他仍旧像在贝尼尔一样，经常来探望她。

他们的这种关系，别人既不了解真正的起因，也不了解真实的理由，所以在巴黎上层社会引起了极大的轰动。因为公爵是以家财万贯而著称，现在又以挥霍无度而闻名遐迩。

大家把老公爵同玛格丽特的亲密关系，归之于老富豪惯有的贪淫好色。他们把各种各样的猜测都想到了，唯独除了真情。

然而，这位老人对玛格丽特的感情，起因却如父爱一样纯洁，除了心灵相通和真切的关心外，其他任何关系在公爵来看来都是乱伦，他始终没有对玛格丽特说过一句他女儿不宜入耳的话。

我们无意把女主人公描写成不同于她本来面目的模样。因此，我要说，只要她待在贝尼尔，她是很容易遵守对公爵许下的诺言的，况且她已经践约了。然而，一旦回到巴黎，这个惯于放荡生活、挥霍享乐、甚至狂饮滥喝的女子，就觉得只有老公爵的定期来访才可以打破一下她的孤独寂寞。这让她觉得烦闷得要命，而以往生活的热流同时涌上了她的脑海和心房。

要提一下，自从玛格丽特这次度假回来之后，显得前所未有的漂亮。她当时才二十岁。她的病虽然暂时有了一些起色，但并没有根除，这更激发了她的狂热欲望，这种欲望往往是肺病引起的结果。

公爵的朋友们坚持说，公爵跟玛格丽特来往有损他的声誉。他们不断地监视着玛格丽特，想抓住她丑事的证据。一天，他们前来告诉公爵，并向他证实，玛格丽特在确信公爵不会去看她的时候，便开始和其他的人鬼混，而且经常延续到第二天。这些话使公爵感到钻心地痛苦。

公爵盘问玛格丽特时，玛格丽特向公爵承认了这一切，还毫不隐讳地告诉他不要再关心照顾她了，因为她觉得自己再没有力量遵守许下的诺言，而且也不愿意再接受一个被她欺骗的男人的恩惠了。

公爵有一个星期没有露面，但是他能做的也仅限于此。到了第八天，他来恳求玛格丽特还是和以前一样继续跟他交往。而且他答应，只要能够看到她，她想做什么事他都能够接受。他还起誓说，即使要他一命呜呼，他也绝对不会责备她。

这就是玛格丽特回到巴黎三个月后，即一八四二年十一月或者十二月发生的事情。

第三章

十六日下午一点钟，我按时来到了安泰街。

在能通车辆的大门口，就可以听到估价拍卖人的叫喊声了。

寓所里挤满了好奇的人，所有名妓名媛都莅临了，有几个贵妇人在偷偷打量着她们。这些贵妇醉翁之意不在酒，她们想以参加拍卖的名义，名正言顺地仔细瞧瞧那些自己从来没有机会与之相处的女人，或许她们还在私下里暗暗艳羡这些名妓轻佻放荡的享乐生活呢。

F公爵夫人与A小姐擦肩而过，这位A小姐是当时妓女中最时乖运蹇的女人之一。T侯爵夫人正在迟疑是不是应该把D夫人正在一个劲儿抬价的那件家具买下来。D夫人是时下最风流、最著名的交际花。Y公爵在马德里被盛传在巴黎破了产，而在巴黎又有谣言说他在马德里破了产，可说到底他连最低的收入都花不完。他一边跟M太太谈话，一边跟N夫人眉目传情。M太太是一位才华横溢的短篇小说作家，她不时把自己所讲的故事写下来，并且签上她的大名；漂亮的N夫人喜欢在香榭丽舍大街徘徊散步，并且老是喜欢穿粉红或者蓝色衣服，两匹高大的黑色骏马为她驾辕，她是以一万法郎的价格从托尼的手中买下这两匹马的。最后还有R小姐，她是完全凭自己的才智争取到现在的地位的，这使那些只会炫耀嫁妆的上流社会的贵妇人自愧弗如，更使那些靠情人谋生的女人难以望其项背。她不顾天寒地冻来此竞拍，引起众多瞩目。

麇集在这所房子里的很多人的姓氏首字母，我们还是可以一一罗列出来的，他们在这里汇聚一堂是很令人惊讶的。但是，我们也担心这样做会让读者觉得厌烦。

只消再说一句，当时在场的人无不欢天喜地，其中很多都是与死者相识的，但是好像对于故人并没有怀念之情。

公寓里大家笑声朗朗，拍卖估价人声嘶力竭地喊叫着。坐在拍卖桌前长凳上的商人们试图叫大家安静下来，好让他们安安稳稳做生意，然而这明显是徒劳的。如此杂乱喧闹的拍卖会我似乎还从未见过。

我偷偷地溜进这令人悲哀的纷乱嘈杂的拍卖会现场。这情景竟然发生在这个可怜的女人咽气的房间里。为了偿还她生前的债务，如今只能拍卖掉她的家具来抵债。与其说我是来买东西，倒不如说是来看热闹的。我注视着那几个从事拍卖活动的商人的面孔，每当一件东西叫到他们料想不到的高价时，他们就喜笑颜开。

那些在这个女人的卖笑生涯中搞过投机买卖的人，那些在她身上大赚一笔的人，还有那些在她弥留之际还拿了印花的借据来纠缠不休的人，现在还有在她死后还来冠冕堂皇地收取账款和卑鄙可耻的贷款利息的人，真可谓谦谦君子呀！

所以古人有言，商人和盗贼信仰同一个天主，实在是言之有理！连衣裙、开司米披肩、首饰，快得让人无法相信地一下子都拍卖掉了。然而没有一样我中意的东西，我一直期盼着。

突然，我听到喊叫声：

“一本书，装帧精美，书边烫金，书名《芒努·莱斯科》[①]，十法郎。”

“十二法郎。”片刻沉默后，有声音响起：

“十五法郎。”我说道。

为什么我会报出这个价钱呢？我自己也无从知道，大概是为了那上面的题字吧。

“十五法郎。”拍卖估价人又叫了一遍。

“三十法郎。”第一次叫价的人喊道，口气让人觉得很藐视别人的加价。

① 18世纪一位法国作家普雷服神甫所著有名的恋爱小说。

这一下竞争就成为一场白热化的争夺了。

“三十五法郎！”于是我也丝毫不示弱。

“四十法郎。”

“五十法郎。”

“六十法郎。”

“一百法郎。”

我承认，倘若我只是想引人注目的话，我的目的已经完全达到了，因为在这样不断抬价的时候，全场已经变得鸦雀无声，大家都静静地望着我，想看看这位非要得到这本书不可的先生究竟是何许人也。

这样来看，大概是我最后一次叫价的口气把我的那位竞争对手给镇住了。于是，他宁愿放弃这场角逐，然而这场竞争却也使我花了整整十倍的价钱才买下这本书。他欠了欠身，尽管做得晚了些，但还是温文尔雅地对我说：

“你赢了，先生。”

由于那时也没有人再叫价了，于是书归了我。

我担心再有人突然执拗抬价，因为我的自尊心可能会让我坚持应战，而我囊中羞涩，因此我请他们先记下我的名字，把书留在一边，随后我就下了楼。我猜想那些目睹这个场面的人一定大费思索，他们一定会暗自纳闷，这个人出于什么目的一定要花费一百法郎来买一本至多也就不过十到十五法郎的书，而且这本书随处都可以买到。

一小时以后，我派人去把我拍下的那本书取了回来。

扉页上是赠书人用羽笔写下的题词，字迹挺秀。题词只有简单的几个字：

芒努对玛格丽特

丢人现眼

下面的署名：奥尔马·狄沃尔。

“丢人现眼”这四个字在这里是什么意思呢？

在奥尔马·狄沃尔先生看来，芒努是不是承认无论是在放荡的生活方面，还是在情感方面，玛格丽特都要比她略胜一筹呢？也许后一种解释更贴切一些，因为第一种解释实在是直率得无礼，无论玛格丽特如何自惭形秽，也无法接受。

我又出门办事去了，一直到晚上临睡时，我才开始认真地看这本书。显然，《芒努·莱斯科》是一个十分动人的故事。虽然我熟悉书中的每一个情节，然而不论什么时候，每当重读这本书，我对这本书的深切感情都让我手不释卷。我翻开书，普雷服神甫笔下的女主人公仿佛又重新和我生活在一起。这位女主人公形象描绘得是那么的活灵活现，呼之欲出，仿佛我真的曾与她相识。眼下，将她和玛格丽特作对比，使这本书增添了始料未及的魅力。出于对这个可怜姑娘的怜悯，甚至可以说是喜爱吧，我越加的宽容她了。这本书正是我从她那里得到的遗物。芒努确实是死在荒漠里，但她是死在对她鹣鲽情深的情人怀抱里的。芒努去世之后，她的情人亲手为她挖了一个墓穴，洒落在她身上的是痴情的热泪，他自己的心也一起埋葬在了墓穴中。而玛格丽特呢，她和芒努一样是个有罪的人，也有可能像芒努一样皈依了宗教。但是我不得不相信我的亲眼所见，她是死在奢华富丽的环境里的。她就死在她往昔的床铺上，也僵卧在这个心灵的荒漠中，而且这个荒漠，比埋葬芒努那个更广袤，更荒凉，更干燥、更无情。

我从几个了解她生前情况的朋友那里得知了一些消息，玛格丽特在她弥留之际那无比痛苦而漫长的两个月里，没有谁到她床边给过她一点真正的安慰。

随后，我的思绪从芒努和玛格丽特转移到我认识的其他那些女人身上，我看到她们一边唱着歌，一边走向那几乎亘古不变的归宿。

可怜的女人啊！如果爱上她们是一种过错的话，那么至少也应该怜悯她们。你们同情从未见过阳光的盲人，同情听不到大自然美妙声音的聋子，同情不能用言语来表达自己心灵之声的哑巴。但是在那种假惺惺的所谓廉耻的托词之下，你们却不肯宽恕这样的心灵失明的瞎子，灵魂重听和良心哑巴。这些残疾，使得病痛中的不幸女人发疯发狂，使她们无限悲凉地感受不到善良的存在，听不到上帝的声音，更无法表达对爱情和信仰的信徒般纯洁的向往。

雨果塑造了玛丽永·德洛尔姆，缪塞刻画了贝纳蕾特，大仲马创造了费尔南德工[①]：历代的思想家和伟大的诗人都把仁慈的同情献给了烟花女子。有时候一位伟人会挺身而出，用他的爱情、甚至于用他的名声，让她们恢复名誉。我之所以要反复强调这一点，是因为在以后读我这本小说的读者中，或许有很多人根本不准备把这本书读完。他们担心这本书的内容是在为邪恶和卖淫辩护，而且作者写作这本书的年龄，更容易让人们产生这种疑虑。希望有这种想法的人能够改变初衷，如果他们仅仅是被这样的担心所阻拦的话，那么但愿他们能够放心地继续地读下去。

说老实话，我只信奉如下原则；对于没有受到过良好品行陶冶的女子，上帝总是向她们敞开两条通向善良的道路：一条是痛苦，另外一条是爱情。这两条路都要历经艰苦的跋涉。踏上其中任何一条的女子，往往都是双脚鲜血淋漓，双手伤痕累累，但同时，她们也把华丽的恶行败德的饰物，罪恶般地留在了路旁的荆棘上，赤条条地抵达了路的尽头。赤身裸体地站在天主面前，丝毫不用面红耳赤。

只要是和这些大胆跋涉的女子邂逅的人，都应该支持她们，并且不妨毫不隐讳地说，他们曾经接触过这些女子。因为把这件事公之于众，实际上也就像指明了道路。

很显然，我们不能天真地在人生道路的入口处竖立两块牌子：一块是提示，写着“善之路”，另一块是警告，写着“恶之路”。当然也不能向那些来到入口的人说：“选择吧！”而必须得像基督一样，向人们指出道路，指引那些迷失方向的人从“恶之路”找到通向“善之路”的路径，尤其不能让这些路径的开端显得太险峻，而让人望而却步。

基督教中关于浪子回头的精彩寓言有很多，其宗旨就是告诉我们要宽大为怀、仁慈厚道。耶稣对那些饱受情欲之害的人充满了爱

① 雨果、缪塞、大仲马都是19世纪时法国的著名作家，玛丽永·德洛尔姆、贝纳蕾特、费尔南德工为他们代表作中的主人公，她们都是妓女。

与宽容，他致力于医治他们的伤口，同时从伤口本身挤出治愈创伤的香膏。因此，他对玛格丽特说："你将会得到宽恕，因为你的爱多。[①]"崇高的宽恕，显然能够唤起崇高的信仰。

为什么我们要比基督更加严厉呢？这个世界之所以表现得那么残酷，就是为了让人相信它的强大，我们也就执着地接受了它的见解。为什么我们要像它一样抛弃带着伤口并且流血的灵魂呢？从这些伤口里，像其他的病人流出污血一样，也流溢出了他们过去的罪恶。这些灵魂一直期盼着能有一双友好温暖的手来包扎他们的伤口，治愈他们灵魂的创伤。

我这是在向和我同时代的人进言，向感到伏尔泰先生的理论已经过时的人进言，向和我一样懂得十五年来人类正在突飞猛进的人进言。关于善与恶的常识已经彻底被人们掌握。信仰又重新确立起来，我们开始重新尊敬神圣事物。尽管说世界还不那么的十全十美，至少可以说它和以前相比变得更好了。凡是明智的人都同心协力，一切伟大的意志都归一于同一个原则：我们要心存善良，要朝气蓬勃，要真心实意。邪恶只是一种空虚抽象的东西，我们要对行善举感到骄傲，尤其重要的是，我们千万不能感到绝望。不能蔑视那些不是母亲，不是女儿，也不是妻子的女子。不能减少对家庭的尊重，对自私的宽宥。既然相比于一百个一生都没有犯过罪遵守教义的人，上帝更青睐一个忏悔的罪人，那么就让我们竭尽全力地讨上天的欢喜吧，上天会给我们超额的回报的。在我们前进的道路上，向那些被人间欲望所断送的人给予我们的宽恕吧，也许神圣的希望可以使他们获得拯救，就像那些善良的老妇人说服人接受她们的治疗时所说的那样：即使效果不明显，也不会产生什么坏处。

诚然，要想从我钻研的小题目中得出什么重大的结论，或许有些太狂妄了。可是，我就属于这样一种人：相信一切寓于微末之中。孩子虽然年幼，却蕴藏着成人；脑袋虽然狭小，却包藏着无限的思想；眼睛不过才一个圆点，却可以一览无余广阔的天空。

---

① 典出《圣经·路迦福音》第七章，第四十四节至四十八节。

第四章

两天以后，拍卖全部结束，一共拍得十五万法郎。债主们差不多拿走了三分之二，余下的三分之一由家属继承，她的家属只有一个姐姐和一个小外甥[①]。

当代理人告诉她的姐姐她可以继承妹妹的五万法郎时，这位姐姐刹那间目瞪口呆。

她已经有六七年没有和她的妹妹见面了，自从她妹妹销声匿迹以后，无论是谁，自然也包括她，对她妹妹的情况都一无所知。

于是她急急忙忙地赶到了巴黎，当那些认识玛格丽特的人看到这个唯一的继承人的时候都惊愕不已，因为她居然是个丰腴而漂亮的乡下姑娘，并且至今还从来没有离开过她的村子。

她一下子变得十分有钱，但是她竟然不知道这笔意外之财来自哪里。

后来有人告诉我，她回到村子以后，为妹妹的去世感到万分悲痛，最后她把这笔钱以四厘五的利息存了起来，从而补偿了她的些许悲痛。

在巴黎，各种小道消息都会不胫而走，这些事情曾经被人们口口相传，但也随着时间的流逝开始慢慢地被人们淡忘了。要不是突然发生的一件事，让我了解了玛格丽特的身世，我几乎已经忘记自

① 原文为Petit-neveu，本义为外甥的孙子或侄孙，但是与玛格丽特的年龄矛盾，因此此处讹译为小外甥。

己也曾经历过这些事情。通过这件事，我了解了一些十分动人的细节，让我不由自主地想写出这个故事。下面就听我娓娓道来吧。

卖掉家具之后，那间空房子就又要被出租了，三四天后的一个上午，有人来拉我家门铃拜访我。

我那看门人，也是我的兼职仆人，打开门后给我带回来一张名片，说有人要见我。我看了一下名片，上面写着：奥尔马·狄沃尔。

我仔细在头脑中搜索着这个名字，忽然回想起了《芒努·莱斯科》那本书的扉页上的题词。

赠给玛格丽特这本书的人，为何来找我呢？我立即吩咐将来客请进屋。

于是我看到一个年轻人，头发金黄，身材高大，面色苍白，一身旅行装束，好像已经穿了几天的样子，甚至到了巴黎也没有费心换洗一下，因此衣服上面布满了灰尘。

狄沃尔先生似乎非常激动，也对他的情绪丝毫不加掩饰。他满含泪水，声音颤抖地对我说：

“先生，请原谅我如此冒昧，衣衫不整地前来拜访您，然而年轻人之间用不着太拘束，况且我急着今天就见到您，甚至来不及在旅馆休息一会，虽然我已经把行李送去了。尽管现在时间还早，但我还是担心见不到您，便早早地赶来了。”

我请狄沃尔先生坐在炉火边，他一边坐下，一边从口袋里掏出了一块手帕，捂了一会儿脸。

“您大概正纳闷，”他伤心地叹了一口气说，“一个素不相识的人，在这种时候，衣冠不整，哭成这般模样来拜访您，想请您做什么？先生，老实说，我是来请您帮一个忙的。”

“请说吧，先生，我会尽力而为的。”

“您参加玛格丽特·戈迪尔家里的物品拍卖了吗？”

这个年轻人本来已经暂时克制住了激动的情绪，但在说完这句话之后，又控制不住，不得不用双手把眼睛捂住。

“你恐怕会觉得我很可笑，”他又说，“请再一次原谅我这副冒失的模样，这种情况下您能那么耐心地听我说话，我非常感激。”

“先生，”我回答说，“如果我能够为您效劳，稍许减轻您的痛苦，那么请快点告诉我，我能为您做些什么，您会感觉到其实我是很乐意帮助你的。”

狄沃尔先生的痛苦确实令人同情，我不由自主地希望他能高兴起来。

这时他又对我说：

“在拍卖玛格丽特的物品时，您肯定也买了一件吧？”

“是的，先生，买了一本书。”

“是《芒努·莱斯科》吗？”

“正是！”

“这本书现在还在您手里吗？”

“在我的卧室里。”

奥尔马·狄沃尔听到这句话之后，如释重负，立刻向我致谢，好像这本书保留在我这里，就已经帮了他一个大忙似的。

于是我起身走到卧室，把书取来，交给了他。

“正是这本书，”他看着扉页上的题词，翻阅着说：“正是这本书。”

刚说完，两大颗泪珠洒落在书页上。

“那么，先生，”他抬起头朝我说，根本无意掩饰他曾经哭过，而且仿佛又要哭出声了，“您很重视这本书吗？”

“先生，为什么要这样问？”

“因为我这次来拜访您就是想拜托您把这本书让给我。”

“请原谅我的好奇心，可以问您一个问题吗，”这时我说，“是您把这本书赠送给玛格丽特·戈迪尔的吗？”

“就是我。”

“那么好的，先生，这本书归您了，我很高兴这本书能物归原主。”

“但是，”狄沃尔先生尴尬地说，“至少我也得把您拍到这本书的钱还给您。”

“不用了，请允许我把它回赠给您吧。在这样的拍卖中，一本书的价钱根本不值一提，这本书花了多少钱，我都记不起来了。”

“您花了一百法郎。”

“是啊，”我说，这次轮到我不好意思了，“您怎么好像什么都知道？”

“很简单。我本来想及时赶到巴黎，参加玛格丽特的拍卖，可我直到今天早上才到达。我无论如何要得到她的一件遗物，便去拍卖估价人那里，请他允许我查阅售出物品的名单和买主的姓名。于是我知道了这本书是您买下的，就决定来拜访，请求您割爱，尽管您当时出的价钱让我担心，您拍下这本书也是想要寄托某种纪念的。”

奥尔马这样说的时候，显然有某种顾虑，他怕我和他一样和玛格丽特关系非同一般。

我赶忙让他放心。

“我只和戈迪尔小姐有过一面之交，只是擦肩而过，”我对他说，“她的去世对于我，就像是自己乐意遇到的漂亮女子逝去的感受一样。我也说不清为什么想在那次拍卖中买下一件东西，恰巧有位先生也想买到这本书，固执地跟我抬价，似乎向我挑战。我也是一时兴起，想气他才和他抬价的。所以，我再和您说一遍，先生，现在这本书归您了，我再一次请求您接受它，是我心甘情愿赠送给您的，您也不用像我从拍卖估价人那里买到它一样，再从我这里买回去。而且我希望这本书能使我们之间的友谊长久，成为我们关系更密切的纽带。”

“太好了，先生，”奥尔马伸出手紧紧握住我说，“我接受，我会一辈子感谢您的。”

我非常想询问奥尔马有关玛格丽特生前的事情，因为书上的题词，年轻人的长途跋涉和他想得到这本书的强烈愿望，都深深刺激了我的好奇心，但是我又担心贸然地询问会让他觉得我拒绝他的钱就是为了窥探他的私事。

他好像也猜透了我的心思，因此对我说：

“您有看过这本书吗？”

“从头到尾都看过了。”

“您怎样看我题的两行字？”

“我明白在您眼中，接受您赠书的这位可怜姑娘肯定不同凡响，因此我不愿意把您的题词看作是寻常的恭维话。”

“您说得对，先生。这位姑娘是一位天使。您看，”他对我说，“念念这封信吧。”

他给我一张信纸，显然这封信已经被读过许多遍了。

我打开来，上面的内容是这样的：

亲爱的奥尔马，我已经收到了您的信，您依然像以前一样心地善良，因此我要感谢上帝。是的，我的朋友，我生病了，而且是不治之症。十分感谢您仍然像以前一样给予我关心和照顾，这大大减轻了我的痛苦。我注定活不长了，没有福气再握一握您的手了。如果有什么可以治愈我的病痛的话，那么，这封信上的话就是一贴良药。我将再也见不到您了，因为我已经行将就木，而您和我又相隔千里。可怜的朋友！您的玛格丽特已经和往昔大不一样，让您看见她现在这副模样，或许还不如再也不见面好。您问我能不能原谅您；噢！我由衷地原谅您，可怜的朋友，您对我的伤害只是证明了您对我的爱。我已卧床一个多月了，我非常重视您对我的尊敬，因此我每天写我生平的日记，从我们分开的时候起，一直要写到我再也无法握住笔为止。

如果您对我的关心是真心真意的，奥尔马，您回来以后，请到朱丽·迪普拉那里去。她会交给您这本日记。您会在日记里弄清我们之间发生这些事情的来龙去脉，以及我的辩白。朱丽对我非常好，我们经常在一起谈论您。您的来信寄到的时候，她正好在我旁边，我们看信的时候一起流了泪。

假如我收不到您的回信，她负责在您回到法国的时候，把这些日记交给您。不用感谢我这样做。我每天写这些日记的时候都在重温我一生中仅有的幸福时光，这使我感到莫大的欣慰。如果您在阅读时看到对过去事情的辩解，那么我则从中得以持续不断的宽慰。

我很想把一些让您永远思念我的东西留给您，可是，我家里全部的东西都被查封了，已经都不属于我了。

您明白了吗？我的朋友，我很快要辞世了，我的债主们派了人来看守，不准我拿走任何一件东西，我在卧室里面都能够听到这个看守在客厅的脚步声。即使我死不了，也是一无所有了。但愿他们要等到我寿终正寝以后再拍卖。

唉！人是多么冷酷无情啊！或者是我搞错了，不如说天主是铁面无私，不屈不挠的。

好吧，亲爱的，您一定要来参加我的财产拍卖会，这样您就可以买下某件东西，因为我要是给您留下一件哪怕微不足道的东西，被人给知道了，他们就可能控告您侵吞了查封财产。

我即将离开的人世满目苍凉啊！

如果天主能让我死前再见您一面，他该多善良啊！我的朋友，目前看来，我们十之八九是要永别了。请原谅我再也写不下去了，那些说能够治好我的大夫总是抽我的血，使我精疲力竭，我的手没有力气再写下去了。

玛格丽特·戈迪尔

确实，最后几个字几乎勉强能辨认得出。

我将信还给了奥尔马。就像我看到信上所写的那样，刚刚他无疑又在心底默默复诵了一遍信的内容，因为他一边收回了信，一边跟我说：

“有谁能相信这封信是出自一个受人供养的女子之手呢！”对友人的怀恋一下子勾起了他的往日情思，他凝视了一阵儿信上的字迹，最后把信捧到唇边亲吻。

“当我想到，”他接着说，“在她弥留之际，我都无法再见她一面，而且永远也见不到她了，又想到她待我比亲姐妹还要好，我就怎么也无法原谅自己让她就这样死去。

“她死了！她死了！她在临死前还想着我，还在给我写信，念着我的名字，可怜的、亲爱的玛格丽特！”

奥尔马禁不住喃喃自语，涕泪纵横，一面把手伸给我，一面继续说：

“如果其他人看到我为这样一个姑娘的辞世而如此悲痛欲绝，他可能会觉得我很幼稚。那是因为他们不知道我曾经怎样让这个女子忍受相思之苦，那时候我是如此狠心，她又是多么善良、多么逆来顺受啊！我原本以为是我在原谅她。今天，我觉得我根本不配接受她给予我的宽恕。啊！如果能在她脚边哭上一个小时，我情愿少活十年。”

不了解别人痛苦的原因却要去安慰他，是很困难的事情。可是，我对这个年轻人产生了十分强烈的同情心，他和我那么坦诚相见，向我倾吐心中的痛苦，因此我相信，他对我的话也不会无动于衷。所以我对他说：

“您有亲戚朋友吗？要是有的话，要常去看看他们，他们能够给您安慰，至于我只能同情您的遭遇。”

“对啊，”他站起身来，在我的房间里大步地来回走着，“请原谅我给您添麻烦了，我没有考虑到您和我的痛苦并不相干，再说，您对这件事也根本不感兴趣。”

“您误会我了，我很愿意为您分忧，只不过我能力有限，无法安抚您的悲伤。如果我和我的朋友们的社交圈子，能够帮您排解忧愁，无论在哪方面，如果您需要我的话，我非常乐意鼎力相助。”

“请原谅，请原谅，”他对我说，“痛苦让人情不自禁。请让我再待上几分钟，好有时间擦去眼泪，免得路上行人看到这个大小伙子哭鼻子抹眼泪，觉得很奇怪。您刚刚把这本书送给我，已经让我满心喜悦了，我永远无法报答您的情意。”

“那么就请把我当作您的朋友吧，”我对奥尔马说，“说出您悲伤的理由，讲出您心里的痛苦，也能够聊以自慰。”

“您说得对，但是今天我只想痛哭一场。我今天和您说话，可能会前言不搭后语。改天我会把整个故事都说给您听，然后您就会明白，我为何十分怀念这个可怜的姑娘。可是现在，”他最后一次擦掉眼泪，同时照了照镜子，补充说，“希望您不要把我当成一个傻瓜，我希望您能允许我再来拜访您。”

这个年轻人的目光和蔼善良，我几乎想拥抱他。

而他，又开始热泪盈眶，他看到我已经察觉，便移开了目光。

“好吧，”我对他说，“要鼓起勇气！”

“再见。”他对我说。

他千方百计地忍住泪水，急匆匆地走了出去，与其说，还不如说是逃出我家的。

我撩开窗帘，看到他登上了等候在我家门口的双轮轻便马车。一上马车，他就又开始热泪滔滔了，只得用手帕掩住了脸。

第五章

很长时间过去了，我没听人提起过奥尔马；倒是常常有人提起玛格丽特。

不知您有没有注意到这样的事情：一个看起来素不相识，或者无关紧要的人，一旦有人在您面前提起他的名字，跟这个人有关的种种传闻便会慢慢地聚拢起来，很多您的朋友也会和您谈起关于这个人的事，而他们以前从未提及过。于是您会发现，这个人曾经多次和您擦肩而过，多次出现在您的生活中，可是却从未被您发现过。在您听到别人告诉您的故事里，您会发现某些和自己生活不谋而合的经历，两者有着千丝万缕的联系。我和玛格丽特的情况，准确来说并非如此，因为我曾经见过她，邂逅过她，我还记得她的容貌和举止，了解她的习惯。不过，自从那次拍卖会之后，我就时常能听到她的名字。我在前一章节中提到过，这个名字牵扯了一件极其悲惨的往事，因此，我的惊讶越来越多，好奇心也越来越强烈。

事情发展到这样的程度：虽然我以前从不跟朋友们谈论玛格丽特，但是如今我一碰到他们，就会问：

“您认识一个名叫玛格丽特·戈迪尔的女子吗？”

“是茶花女吗？”

“是的。”

“十分熟悉！”

“十分熟悉。”他们说着这几个字的时候，脸上还伴随着某种令人琢磨不透的微笑。

“那么，这个姑娘如何？”我继续问。

“一个好姑娘。”

“仅此而已？”

“我的天！是啊，比别的姑娘更聪明，心肠也更善良。”

“您一点也不知道她有什么别的特殊的身世吗？”

“她曾让G男爵倾家荡产了。”

“就这一件事？”

“她还做过某位老公爵的情妇。”

“她当真做过他的情妇吗？”

“大家都是这样说的。不管怎样，他曾经给她很多钱。”

说来说去就是那么千篇一律。

然而，我非常渴望知道一些关于玛格丽特和奥尔马之间的事。

一天，我遇到了一个人，他和那些交际花过从甚密。因此我问他：

“您认识玛格丽特·戈迪尔吗？”

回答又是“十分熟悉”。

“这个姑娘如何？”“是一个美丽而善良的好姑娘。她去世了，我很伤心。”

“她是不是有过一个名叫奥尔马·狄沃尔的情人？”

“一个金黄头发的高个儿吗？”

“是的。”

“有这么一个人。”

“这个奥尔马是个什么样的人呢？”

“一个普通小伙子，我相信他把自己屈指可数的一点儿钱同她一起挥霍光了，后来不得已离开了她。听说他差不多要发疯了。”

“那么玛格丽特呢？”

“她也对他一往情深，每个人都这么说。不过就和其他交际花的爱情故事一样，付出的也不多。”

“奥尔马后来怎么样了？”

“无可奉告。我们和他也只是泛泛之交。当时他和玛格丽特一起在乡下生活了大约五六个月，她回到巴黎时，他就远走高飞了。”

“以后您就一直没有见过他吗？”

“再也没有。”

而我也再没有见过奥尔马。我甚至猜测，他来我家，是不是由于他刚知道了玛格丽特去世不久，于是回想起以前的旧情，悲伤之情格外强烈。也许他已经把再来看我的诺言，随同去世的姑娘一起抛到脑后了。

放在别人身上，这种猜测大概很符合实情，但是，奥尔马万分痛苦，语气真诚，于是我从一个极端走向另一个极端，我猜他一定是哀恸成疾，我得不到他的消息，是因为他病倒了，甚至可能已经一命呜呼了。

我不由得关心起这个年轻人，这种关心或许掺杂着某种自私的成分。也许因为在他痛苦的表面下，我隐约猜到一个缠绵悱恻的爱情故事。总之，可能由于我极度渴望知道这个故事，所以才对奥尔马的杳无音信而感到极度焦虑。

由于奥尔马先生没有再来找我，我就决定去他家。要找一个借口去拜访他并不难，可是我不知道他的住址，我到处打听，但是没有人能够告诉我。

我来到安泰街打听消息，也许玛格丽特的门房知道奥尔马的住址。但是这里的门房已经换了，他跟我一样说不上来。于是我打听戈迪尔小姐葬在什么地方，原来是在蒙马特尔公墓。

已经快到四月了，风和日丽，阳光明媚，墓园不像冬天那样凄惨悲凉。总之，天气已经十分暖和。活着的人因此想起了去世的人，于是来到他们的坟前扫墓。我在去墓园的路上心里想，只要查看一下玛格丽特的墓地，就可以知道奥尔马是不是还在伤心，说不定还会知道他如今究竟怎么样了。

我走进公墓看守人的房间，我问他：“在二月二十二日那天中午，是不是有一个名叫玛格丽特·戈迪尔的女子，葬在这里。”

这个人翻出一本厚册子，开始查找，在册子上按号码顺序登记着所有葬在这里的人。他回答说："二月二十二日中午，的确有一个玛格丽特·戈迪尔葬在这里。"

我请他叫人带我到她的坟墓去，因为在这个死人的世界，就和在活人的城市里一样，街道纵横阡陌，如果没有人指引，很难辨别方向。看门人叫来一个园丁，并做了一些吩咐，园丁立刻打断他说："我知道，我知道……"接着转过身来继续对我说，"噢，这个坟十分好认。"

"为什么？"我问他。

"因为她坟上的花和别的坟上的完全不一样。"

"这个坟是你特意关照的吗？"

"是的，先生。是一位年轻人托我照看的，但愿所有死者的家属都和他一样，这么惦念着死去的人。"

转了几个弯之后，园丁站住了，对我说：

"我们到了。"

一片方形花丛出现在了我的眼前，要不是有一块刻着名字的白色大理石墓碑的话，绝对不会有人认为这是一个坟墓。

这块大理石笔直地立在那里，一圈铁栅栏把这块坟地围在中间，坟地上铺满了白色的茶花。

"您觉得如何？"园丁问我。

"漂亮极了。"

"只要有一朵茶花枯萎了，我就按吩咐换上刚开的新花。"

"那么是谁吩咐您这么做的呢？"

"一位年轻人，他第一次来的时候痛哭流涕，应该是死者的老相好，因为她看来好像不是个本分的女人。据说，她长得十分漂亮。先生和她很熟悉吗？"

"是的。"

"您跟那位先生一样吧。"园丁面带狡黠地对我说。

"不，我和她只是擦身而过。"

"那您还到这儿来看她，您的心地真善良，因为几乎没有人来看这个可怜的姑娘。"

“这么说，从来没有人来看她吗？”

“除了那位年轻先生来过一次之外，就没有其他人来了。”

“他只来过一次吗？”

“是的，先生。”

“后来他再也没有来过吗？”

“没有，但是，他从外地回来之后也许会再来的。”

“这么说，他出远门了？”

“是的。”

“您知道他去哪儿了吗？”

“我想他应该是到戈迪尔小姐的姐姐那儿去了。”

“他为何到那里去？”

“他去请求她允许把她葬到其他的地方。”

“怎么不葬在这里了呢？”

“您知道，先生，人们对死者都有各种不同的看法。这种情况，我们这儿的人每天都能看到。这块坟地只被租下五年，而这个年轻人希望买下一块永久性、面积更大一些的坟地，最好是在新区。”

“新区指的哪里？”

“就是眼下正在规划出售的新坟地，靠左边的地方。如果这个公墓以前能够像现在这样管理，那么很可能是世界上无与伦比的了，然而要做到尽善尽美，那还差得远呢。再说人又是那么可笑。”

“您这话是从何说起呢？”

“我的意思是，有些人到了这种地方还要耍神气。比如说这位戈迪尔小姐吧，她生前的生活尽管有点放荡，请原谅我这样说。但眼下，这个可怜的小姐已经去世了，没有什么好让人奚落了，更何况像她一样被情人供养的女人有的是。但是，葬在她旁边的那些死者的家属，知道了她是怎样一个女人以后，便说，他们反对把她葬在这儿，认为应当给这种女人开辟出专门的坟地，就像对穷人做的那样，真亏他们想得出，谁见过这种事？当时就是我，把他们驳得哑口无言。有些光靠食利就可以一辈子享福的阔佬，他们一年之中来哀悼他们故去的亲人还不到四次呢，看看这些人带的都是些什么花吧！他们考虑为死者维修坟墓，说是要哀悼死去的亲人。他们在亲人的墓碑上写得那么悲痛万分，却从未流过一滴真正的眼泪，还要来找旁边死人的麻烦。不管您相不相信，先生，我并不认识这位小姐，也不了解她做过什么事，可是我喜欢她，这个可怜的姑娘，我关心她。我给她送来的茶花，价格最公道，我偏爱这个死去的姑娘。先生，我们这些人没有办法，只能喜欢逝去的人，因为我们忙得团团转，几乎没有时间去喜欢别的东西。”

我端详着这个人，不消解释读者就能明白，我在听他说话的时候，心潮起伏。

片刻，他也觉察了，因为他继续说：

“据说为了这个姑娘有些人可以倾家荡产，还说有很多迷恋她的情人拜倒在她的石榴裙下。因此，当我看到居然没有一个人愿意为她买一朵花的时候，便觉得事情很蹊跷，又深感悲哀。不过，她也没有什么可抱怨的，因为她总算还有属于自己的墓地。即使只有一个人怀念她，那他所做的足以替代其他所有人了。可是我们这里还有一些和她身世相同、年龄相仿的可怜姑娘，她们被扔在公共墓地后就无人问津了。当我看到她们可怜的尸体落在坟墓里的时候，感觉撕心裂肺一般。一旦她们死去，便再也没人照顾她们了。只要还有一点良心的话，做我们这一行便不会感觉愉快。可是有什么办法呢，我们也是无能为力啊。我自己有一个二十岁的女儿，漂亮大方，每当送来一个和她年纪相仿的女尸时，我就会想起她。不管是一个贵妇人，还是一个流浪女，我都会禁不住感慨。

“我这样唠唠叨叨的，您都听烦了吧，况且您也不是来听这些故事的。看门人让我带您到戈迪尔小姐的坟墓，已经到了，请问，您还有什么需要我做的吗？”

“您知不知道奥尔马·狄沃尔先生现在的住址？”我问这个园丁。

“知道。他就住在……街，我买这些茶花的钱都是到他那里去拿的。”

“太谢谢了，我的朋友。”

我最后瞧了一眼这个铺满鲜花的坟墓，不由自主地产生了一个奇怪的念头，想看看这个坟墓的底部，看看泥土把这个漂亮姑娘变成了什么样子。我闷闷不乐地离开了。

“先生是想去拜访狄沃尔先生吗？”走在我身旁的园丁问道。

“是。”

“他一定还没回来，不然他早到这来了。”

“这么说，您确信他还没有忘记玛格丽特吗？”

“我不但确定还可以担保，他想迁葬正是为了想再见到她。”

“这是什么意思？”

“他第一次到墓地时对我讲的第一句话就是：‘有什么办法能够再看见她呢？’这样的事只有迁葬才能做到。我把迁葬需履行的所有手续全都告诉了他，因为要迁葬，必须先验明尸身，而这必须得到家属的允许，同时还要由警察分局长来主持。为了得到家属同意，狄沃尔先生才去拜访戈迪尔小姐的姐姐。不消说，他一回来后肯定首先到我们这儿的。”

我们一起走到了墓园门口，我再次谢过园丁，并且塞给他一点小费，然后连忙向他给我的那个地址走去。

奥尔马的确还没回来。我留了张字条在他家里，请他一回来就去看我，或者派人通知我可以找到他的地方。

第二天上午，我便收到狄沃尔先生的一封信，他通知我他已经回来，请我到他家里去，还说他由于精疲力竭而无法外出。

第六章

当我见到奥尔马时，他正躺在床上。一看见我，就向我伸出发烫的手。

“您在发烧。”我关切地对他说。

“没事，我只是因为一路来去匆匆，太疲劳了。”

“您去见过玛格丽特的姐姐，对吗？”

“是的，您为什么会知道？”

“我知道就是了，您想办的事谈成功了吗？”

“谈成了，可是，您是怎么知道我出门的目的的呢？”

“墓地的园丁。”

“您见到她的坟墓了吗？”

我几乎不敢回答，他说这句话的声调表明他仍然心潮难平，就和上次我看到的一样。每当别人的谈话触及这个让他伤心的话题时，他那激动的情绪就会再次不由自主地流露出来。

于是，我只能用点头来回答，表示我去过那里。

“坟墓照料得好吗？”奥尔马继续问。

两颗大泪珠沿着病人的腮边滚落下来，他转过脸去避开我，竭力想掩饰眼泪。我假装没有看见，找了一个其他的话题来谈。

“您出门已经有二十多天了吧？”我问他。

奥尔马用手擦擦眼泪，回答我说：

“刚好三个星期。”

“这次路途很遥远吧。”

“噢！我并没有一直在赶路，我病了差不多半个月，否则早就赶回来了。我一到那里就发烧了，不得不待在房间里。”

“您病还没有痊愈，就赶回来了？”

“要是我在那个地方再多待一个星期，没准儿我就在那儿送命了。”“但是，既然如今您已经回来了，那就应该好好地养护身体，您的朋友们会来看望您的。而我，如果您同意的话，我就是第一个来看望您的朋友。”

“再过两小时，我就要起来了。”

“您那样太鲁莽了！”

“我非要出去不可。”

“您有什么火烧眉毛的事非做不可吗？”

“我必须要到警察分局长那里去一趟。”

“为什么您不拜托别人去处理这件事呢？您这一去会使您的病情加重的。”

“只有处理好了这件事，我的病才会好起来。我一定要见她一面。自从知道她辞世以后，尤其是看过她的坟墓以后，我每天都夜不成寐。我无法想象，在我们分手的时候她还那么年轻，那么漂亮，可现在她居然已经离开人世了。我一定得目睹才相信。我一定要看看上帝到底把我心爱的人变成了什么模样，也许到时令人生厌的景象会治愈我悲痛欲绝的心情。您会陪我一起去的，是吗？如果您不讨厌这件事的话。”

“她的姐姐对您说了些什么？”

“什么都没有说。她只是听到有一个外人想给玛格丽特买下一块坟地，感到非常惊讶。她马上同意了我的要求，在委托书上签了字。”

“听我的话，等您痊愈之后再去办这件事情吧。”

“噢！您放心吧，我能挺得住的。而且，如果我不趁现在主意已定的时候，尽快把这件事办完，那么我会发狂的。只有了结了这个心愿，才能平息我心中的悲痛。我向您保证，只有见到了玛格丽特，我的心情才能平静下来。这也许是发烧时的胡言乱语，失眠时的幻想、谵妄的反应。哪怕我要像德·朗塞[①]先生那样，成为一个诚心的苦修士，那也要等到看过她以后再……”

“我明白，”我诚恳地对奥尔马说，“我愿为您效劳，您见过朱丽·迪普拉了吗？”

“见过了，就在我上次回来的那一天见到的。”

“她把玛格丽特留在她那里特意写给您的日记交给您了吗？”

“在这里。”

奥尔马从枕头下面掏出一卷纸，但立刻又放了回去。

“这些日记里记载的内容，我都熟记在心了，”他对我说。“从拿到日记的三个星期以来，我每天都把上面的内容看上十几遍。你以后也会看到的，但是需要再等一等，等我平静下来，能够向您解释这份日记所流露的内心情感和对爱情的渴望的时候再看吧。”

“眼下我要请您帮我办一件事。”

“什么事？”我问。

“您的马车停在下面吧？”

“是啊。”

“那么，能不能请您带上我的护照，到邮局的留局自取窗口问一下，看看有没有寄给我的信件？我父亲和妹妹给我的信大概已经寄到巴黎了。上次我离开得太匆忙，走之前没来得及去看一下。等您回来之后，我们再一起到警察分局长那里申请迁葬。”

奥尔马把他的护照交给我，于是我便前往让-雅克-卢梭街。

那里有两封写给狄沃尔先生的信，于是我领了回来。

我再次来到他家的时候，他已经穿好了衣服，准备要出门了。

“太谢谢您了。”他接过信对我说。“没错，”他看了看信封上寄信人的地址后又说，“正是我的父亲和妹妹寄来的。他们一定不知道我为什么杳无音信。”

他拆开信，几乎没怎么看，或者说只是匆匆浏览了一遍，因为

① 17世纪时一位著名的苦修者，他年轻时生活浪荡，在其情妇死后，笃信宗教，进行苦修。

每一封都有四页，而他眨眼的工夫又把两封信折好了。

“我们走吧，”他对我说，“我明天再写回信。”

于是我们到了警察分局长那里，奥尔马将玛格丽特姐姐的委托书交给了他。

警察分局长看过委托书后，作为交换，给了他一张通知墓园看守的公文。大家说好第二天上午十点钟迁葬，我提前一小时去接奥尔马，之后再一起去墓园。

我对这次迁葬十分感兴趣。老实说，那一夜我都没有睡好。

我的脑子里各种思绪纷至沓来，依我的情况来看，这一夜对奥尔马来说也是一个漫漫长夜。

第二天上午九点整，我去他家里的时候，他的脸色苍白得可怕，神态很安详，他微笑着向我伸出了手。

桌上几支蜡烛都已经燃尽了，出门之前，奥尔马拿了一封写给他父亲和妹妹的厚厚的信，无疑他在信里倾诉了最近这段时间的感受。

大约三十分钟以后，我们到达蒙马特公墓，警察分局长早已在那里等候我们了。

大家缓慢地朝玛格丽特的坟墓走去，警察分局长走在最前头，奥尔马和我紧随其后。

我不时感到奥尔马的手臂在颤抖，像是有一股寒流突然掠过他的全身一样，于是我看了他一眼。他领会了，对我微笑了一下。从离开他家的那一秒开始，我们之间没有一句交谈。

奥尔马的脸上布满汗珠，在快要到达坟墓之前，他停下来擦了擦汗。

我也利用他停顿的机会喘了口气，因为我的心也好像被老虎钳紧紧地夹住了一样紧张。

观看这种场面，实在是苦中作乐。当我们来到墓前的时候，园丁已经把所有的花盆都挪开了，铁栅栏也拆了下来，两个人正在用鸭嘴镐挖地。

奥尔马这时靠在一棵树上，紧张地痴望着，仿佛他的所有生命都集中在那双眼睛里似的。

突然，一把鸭嘴镐“咣”的一声触到了石头，发出刺耳的声音。

听到这个声音，奥尔马像遭到电击般往后一缩，使劲握紧我的手，把我的手都握痛了。

一个掘墓工抓起一把巨大的铁铲，逐渐地清空墓穴里的泥土。接着，他一块块地把压在棺柩上的石块往外扔。

我一直观察着奥尔马，每秒钟都在担心他努力克制着的情绪会把他压垮。但是他始终两眼发直、目光呆滞地看着，像发疯了一样，只有脸颊和嘴唇在轻微颤抖着，证明他正处于神经高度紧张的状态中。

至于我呢，只想说一句话，我后悔不该来这里。

等棺柩完全暴露出来以后，警察分局长对掘墓工说：

“打开！”

那些工人有条不紊地执行警察分局长的吩咐，仿佛这是世上最普通不过的事情一般。

棺柩是橡木制的。他们开始把棺盖上的螺丝钉拧下来，这些螺丝钉已经被地下的潮气弄得生了锈，好不容易才把棺盖打开。一股恶臭扑面而来，尽管棺材四周种满了芬芳的花朵。

“噢，我的天哪！天哪！”奥尔马喃喃地说道，他的脸色变得更加苍白。

连掘墓工也连连向后退去。

一块巨大的白色尸布裹着尸体，从外面可以看到起伏不平的尸体轮廓。尸布的一端几乎已经烂掉了，露出死者的一只脚。

我几乎要晕过去，就在我写下这些字的时候，回忆起当时的一幕幕，我仍旧神经紧张，觉得气氛凝重肃穆。

“我们赶快吧。”警察分局长说。

于是两个工人中的一个伸出手去拆尸布。他抓住尸布的一端用力掀开，突然将玛格丽特的脸现了出来。

这个场面实在太不堪入目了，叙述起来也让人不寒而栗。

一双眼睛只剩下两个窟窿，嘴唇都烂掉了，皓齿紧紧地咬着。黑色的头发已经干枯了，贴在双鬓上，稀稀疏疏地遮盖着深深凹陷下去的青灰色面颊。然而，我还是能从这张脸上依稀辨认出我曾见过的那张兴高采烈、白里透红的面孔。

奥尔马目不转睛地死死盯着这张脸，把掏出来的手帕放在嘴里紧咬着。

至于我，感觉仿佛有一只铁环紧箍在头上，眼前仿佛罩着一层面纱模糊一片，耳朵里嗡嗡作响，我连忙打开随身携带的，以备不时之需的嗅盐瓶，用力地嗅着。

正当我目眩头晕的时候，听到警察分局长和狄沃尔先生的对话：

“您认清楚了吗？”

“认清楚了。”年轻人的声音轻轻回答道。“那就把棺材盖上搬走。”警察分局长命令道。

掘墓工把尸布扔回死者脸上，合上棺盖，一人一头将棺材抬起，向被指示的地方走去。

奥尔马一动不动，双眼死死盯着那个空墓穴，就像我们刚才见到的尸体一样脸色惨白……他简直像化成了一块石头。

我明白经历过这种场面后，一直压抑他的悲痛没有了支撑的力量，随之而来就会出现这种情况。

我走近警察分局长。

我指着奥尔马问他：“这位先生还有必要留在这里吗？”

“不必了，”他对我说，“而且您最好把他带走，他好像生病了。”

“走吧。”于是我挽起奥尔马的胳膊，对他说。

“什么？”他望着我，仿佛不认识我一般。

“事情结束了，”我说，“您眼下该走了，我的朋友，您脸色惨白，浑身冰冷，您再这样激动会送命的。”

“您说得对，我们走吧。”他机械地回答，但是一步也没有迈出。

于是我只好抓住他的胳膊，拉着他往前走。他像孩子一样老实地跟在我身后，嘴里时不时地嘀咕着：

“您看见她那双眼睛了吗？”

说着他又转过身去看，好像被某个幻觉召唤着。

他步履踉跄，仿佛是在震颤的推动之下朝前走一样。牙齿格格作响，双手冰凉，身体神经质地剧烈颤动着。

我和他说话，他却一声不吭。他唯一所能做的就是跟着我走。

我们在墓地门口刚好找到一辆车。

他刚在马车里坐好，便开始颤抖，愈来愈厉害，这是一次真正的歇斯底里发作，他大概是担心吓着我，于是紧紧地握着我的手，低声地说：

“没什么，没什么，我只是想哭。”

我能够听到他胸脯的起伏声，血液涌上他的双眼，却欲哭无泪。

于是我便让他闻了闻我刚才用过的嗅盐瓶。我们到他家里的时候，他仍旧在不停地颤抖。

在仆人的帮助下，我把他扶到床上让他睡下。我让仆人在他的卧室里升起熊熊的炉火，然后赶紧去找我的医生，把刚刚的情况告诉了他。

医生马上赶来了。

奥尔马脸颊绯红，神志混乱，结结巴巴地咕哝着一些谵语，其中只有“玛格丽特”这四个字能够听清。

医生检查过奥尔马的病情以后，我问道：“他怎么样了？”

“是这样的，他得了脑膜炎，算他幸运，不是什么其他的病。上帝饶恕我，我还以为他疯了呢，幸好身体上的疾病压倒了精神上的疾病。大约一个月左右，兴许他两种病都能痊愈了。”

第七章

有些疾病倒也干脆利落，要么一下子就置人于死地，要么迅速就能痊愈，奥尔马患的正是这种病。

这些事过了差不多两星期之后，奥尔马的身体已经完全康复，我们渐渐结为挚友。在他患病的时候，我一直在他身边照料，不曾离开过。

春天到了，鲜花满园、绿叶扶疏、百鸟群集，我朋友的窗户朝向生机勃勃的花园敞开着，花园里清新的气息一阵阵地吹送进他的房间。

医生已经允许他下床走动了。从正午十二点到下午两点钟，是全天太阳最暖和的时候，于是我们时常坐在敞开的窗子前聊天。

我一直都很小心不提及玛格丽特，担心一提起这个名字，会勾起他过去的伤心事；但是相反，奥尔马仿佛很愿意提到她，他也不像过去那样泪水盈眶，而总是面带柔和的笑容，这笑容说明他心情不错。

自从上次去公墓迁葬使他大病一场以后，他精神上的悲伤好像已经被疾病掩盖了，对于玛格丽特的去世，他的想法已经不同于从前了。确信无疑以后，他心中反而得到一种宽慰。为了驱走经常出现在他眼前的凄惨景象，他一直沉溺在以往幸福甜蜜的回忆中，追忆他和玛格丽特在一起的情景，好像只愿意回想起这些事情一样。

高烧刚退，大病初愈的奥尔马身体还极其虚弱，他的情绪还不能过于激动。大自然春意盎然的欢乐景象围绕在奥尔马周围，这让他不由自主地追忆过去那些令人快乐的场景。

他一直执拗地不肯把自己重病的事情告诉家里，直到他死里逃生，他父亲还不知道。

一天黄昏，我们坐在窗前，比平常待得晚了一些。天气好极了，西沉的太阳浸没在蔚蓝和金黄两色交相辉映的光辉中。尽管我们身处巴黎，围绕在我们周围的一片葱翠仿佛让我们与世隔绝，只有偶尔传来的车马声会干扰我们的谈话。

“差不多就像这样的季节，这样的傍晚，我认识了玛格丽特，”奥尔马对我说，语气深沉。他沉浸在自己的回忆中，并没听到我和他说话。

我一声不吭。

于是，他转过身对我说：

“我一定得把这个故事详细地说给您听，您完全可以把它写成一本书，别人未必会信以为真，但是写起来也许会兴味盎然。”

“以后再说吧，我的朋友，”我对他说，“您的身体还没有完全康复呢。”

“今天晚上很暖和，我也吃过鸡脯肉[①]了，”他微笑着对我说，“我不发烧了，我们也无事可做，我把这个故事完完整整地讲给您听吧。”

“既然您非要讲，那我就洗耳恭听吧。”

“这是一个非常简单的故事，”于是他补充道，“我按事情发生的先后顺序说给您听。如果您以后要把这个故事写成一部作品的话，随您用什么别的方式写出来。”

下面就是他给我讲的故事，这个故事感人至深，我几乎没做什么改动。

“是啊。”奥尔马又说，将头靠在椅背上，是的，就是在这样一个傍晚，我跟我的朋友嘉斯多·R去乡下玩了一天。黄昏的时候，我们回到了巴黎，由于无所事事，我们便去了杂耍剧院看戏。

① 法国人习惯在大病初愈时以鸡脯肉进补。

一次幕间休息的时候，我们到走廊里闲逛，看到一个身材高挑的姑娘走过，我的朋友便和她打了个招呼。

“您在和谁打招呼？”我问他。

“玛格丽特·戈迪尔。”他回答说。

“她的模样最近大有变化啊，我简直都认不出来了。”我激动地说，待会儿您就知道我为什么这样激动了。

“她得了重病，可怜的姑娘大概活不长了。”

这些话，我仍旧记忆犹新，仿佛昨天听到的一般。

我的朋友，您要知道，两年以来，每次我遇到这个姑娘的时候，就会产生一种异样的感觉。

我的脸不知不觉地变得苍白，我的心怦怦地乱跳。我有一个朋友，十分关心秘术，他称我的这种感觉为“流体的亲和性”。我呢，则索性认为我命中注定要爱上玛格丽特，而且我早已预感到了。

尽管她带给我深刻的感受，我的几个好朋友也看见，但是当他们了解我的这种感受的来由时，都哈哈大笑。

我是在交易所广场絮斯商店的门口和她第一次邂逅的。一辆敞篷四轮马车从远处疾驰而来然后停下，从车上慢慢地走下来一位穿着白色衣服的姑娘。她一走进这个商店，就立刻引起一阵骚动和赞叹声。而我，却一直傻傻地站立在原地，看她走进去到她走出来。透过橱窗，我看见她正在商店里选购东西。本来我也可以进去的，可是我不敢。我并不知道这个女人是何许人也，但我担心她猜测出我走进商店的原因会生气。但是那个时候，我却没有料到自己后来会那么迫切地想要再见到她。

她穿着典雅高贵，身着一条镶满边饰的细布连衣裙，肩上披着一条印度纱丽，四角全是金丝和绸花；头戴一顶意大利草帽；手上佩戴一只独特的手链，是当时才开始流行的一种粗金手链。

她登上敞篷四轮马车离开了。

一个商店伙计站在商店门口，目送这位高雅漂亮的女顾客离开。我走到他身边，向他询问这位女子的名字。

“她是玛格丽特·戈迪尔小姐。”他回答我。

我没敢多问别的信息就离开了。

我以前有过很多幻想，随着时间的流逝也就淡忘了。然而这一次是真切的，因此这位姑娘的形象一直让我念念不忘。我到处寻找着这位穿着白衣的绝色佳人。

几天之后，喜剧院举行了一次盛大的演出，我去看了。我再次见到了玛格丽特·戈迪尔，她就坐在舞台两侧包厢里的第一个位置。

和我一起去的那位年轻朋友也认出了她，因为他指名道姓地跟我说：

“您看！这位漂亮的姑娘！”

正在这当儿，玛格丽特拿着望远镜朝我们这边看，她瞥见了我的朋友，就对他嫣然一笑，做手势示意他过去。

“我过去跟她问个好，”他对我说，“一会儿就回来。”

我情不自禁地对他说：“您真幸运呀！”

“我有什么幸运的？”

“因为您可以去见这个姑娘。”

“您难道爱上她了吗？”

“不，”我涨红了脸，因为我那时真的茫然不知所措了，“可是我很想认识她。”

“要不和我一起去吧，我介绍你们认识。”

“先要征得人家的同意吧。”

“啊！当然，不过跟她用不着拘礼，来吧。”

这句话让我感到很不好受，我担心由此证实：玛格丽特不配我对她的迷恋。在阿尔封斯·卡尔工[①]一本名为《Am Rauchen》[②]的小说中有如下一段文字：一天晚上，一个男人尾随着一个十分漂亮的女人。这个女人美若天仙，让这个男人一见倾心。为了吻一吻这个女人的手，他觉得自己无论做什么事情都充满无所不能的力量，征服一切的意志和赴汤蹈火的勇气。她担心长裙被泥土弄脏，便撩高了裙子，露出两条白皙迷人的小腿，他却几乎不敢看一眼。在他想

① 19世纪法国的一位新闻记者、作家。

② 卡尔工的代表作之一《烟雾》。

着如何才能得到这个女人的时候，不料就在一个街角处，她却拦住了他，问他愿不愿意上楼到她家里去。

他回头就走，穿过街道，垂头丧气地回去了。

我想起了书中的这段描写。本来我是宁愿为了这个女人而吃苦受累的，但却担心她太快接受我，害怕她匆匆地爱上我，我宁愿经过长期的等待，经历千辛万苦得到她的爱情。我们这些男人，就信奉这样的处世之道，假如我们的感官能在想象中被赋予诗意，心灵的幻想就会胜过肉欲，那就是莫大的幸福了。

总之，要是有人对我说："这个女人您今晚可以得到，但是明天您就会死于非命，"我也会立刻接受的。假如有人对我说："花上十个路易[①]，你就可以做她的情夫。"我会拒绝并哭泣的，就像一个孩子醒来之后发现夜里梦见的城堡是子虚乌有一样。

但是，我确实非常想认识她，这是和她打交道的方法，甚至是唯一的方法。

于是，我对我的朋友说，我坚持要先征得她的同意之后，再把我介绍给她。我一个人在走廊里徘徊，一直设想着我们马上就可以见面了，我不知道在她的注视下采用哪种方法来掩盖自己的窘态。

我竭尽全力先组织好我将要对她说的话。

爱情是多么天真无邪而又崇高啊！

没过一会儿，我的朋友就下楼来了。

"她正等我们呢。"他对我说：

"她独自一人吗？"我问。

"还有一个女伴。"

"没有男人吗？"

"没有。"

"我们去吧。"

我的朋友朝着剧院大门走去。

"喂，不是从那儿走。"我冲他叫道。

"我们去买些蜜饯。她刚刚提到的。"

---

① 法国旧制金币，一个路易价值合二十法郎。

我们朝着通往歌剧院的那条路上的一家糖果店走去。

我真想把整个店里的糖果都买下来，正当我在观察一只口袋能装进多少东西的时候，我的朋友开口买东西了：

“糖渍葡萄来一斤。”

“您知道她喜欢吃这东西吗？”

“别的甜食她从来不吃，这是人所共知的。”

“噢！”当我们离开铺子时，他继续说，“您知道您将要认识的是一个什么样的女人吗？不要认为您一会儿认识的是一位公爵夫人，她只不过是一个受别人供养的女人，一个完完全全的妓女。亲爱的，您不必感到尴尬，想怎样说就怎样说就行了。”

“好的，好的，”我结结巴巴地说，尾随在我朋友的后面，心里却琢磨着：我的激情要云散烟消了。

当我进入包厢的时候，玛格丽特正在哈哈大笑。

我倒是宁愿看到她愁眉不展的样子。

我的朋友将我介绍给她。玛格丽特朝我略微点了点头，说道：

“我的蜜饯呢？”

“在这里呢。”

她一边拿糖果，一边望着我。我垂下眼睛，涨红了脸。

她倾身在她旁边那位女人的耳畔轻轻说了几句，然后她们两个一起朗声大笑起来。

不用说，我成了她们取笑的对象，我感到非常窘迫。那时，我本来已经有一个情妇：她是一个小家碧玉，多情又温柔，她的多愁善感的情书经常让我十分得意。而我这时的感受和经历，使我明白我肯定伤害了她。大约有五分钟之久，我爱她超过了我爱过的任何一个女人。

玛格丽特吃着糖渍葡萄，并没有理会我。

我的那个引荐人不希望我处在这种尴尬的境遇里。

“玛格丽特，”他说，“要是狄沃尔先生讷口不言，您不要惊讶。您把他弄得茫然不知所措，让他无所适从，以至于他不知该说些什么。”

“我认为您是害怕一个人来感到无聊，才让这位先生作陪的。”

“假如真是这样的话，”我开口说，“那我就不会先请欧内斯特来，征得您同意之后再来拜访您了。”

“这也许倒是一种推迟决定命运的时刻到来的绝佳方法。”

只要跟玛格丽特那样的姑娘交往过，都会了解她们爱口无遮拦，装疯卖傻，戏弄与她第一次见面的人。她们每天不得不忍受和她们见面的那些人的侮辱，无疑这是对那些侮辱的一种报复。

所以，要对付她们，就必须用她们生活圈子中熟悉的某种习惯，可是这种习惯是我所没有的。何况，我对玛格丽特原来的看法，使我夸大了她的玩笑的含义。对这个女子的任何举动，我都不能无动于衷。于是我站起身来，带着难以掩饰的复调声音对她说：

“如果您那样看我的话，夫人，那我只好请您原谅我的冒昧，并且不得不向您告辞，并对您保证以后不会再出现这样的鲁莽。”

说完，我行了一个礼就出去了。

我刚一关上门，就听到第三次的哈哈大笑。这时我情愿有人用手肘打我一下。

我回到我的单人座位上。

观众正在为开幕大声欢呼。

欧内斯特回到了我的身边。

“您是怎么搞的！”他一面坐下一面对我说，“她们认为您很笨。”

“我出去之后，玛格丽特是怎么说的？”

“她哄笑了一阵，对我保证，她从来也没有见过像您这样引人发笑的人。但是您不要丧气。对这些姑娘，用不着去认真看待她们。她们不懂得什么是礼貌，什么是风度。就像替狗喷香水一般，它们总觉得味道难闻，要跑到水沟里打个滚弄掉它。”

“总而言之，这跟我没关系！”我尽量轻快地说，“我再也不要见到这个女人了。如果说在我认识她以前，认为她会讨我喜欢，现在认识她了，情况就完全不同了。”

“啊！我希望有朝一日能看到您在她的包厢后面，能看到您愿意为她倾家荡产。何况，或许您说得对，她没有什么教养，但她还是一个值得据为己有的美丽情妇。”

幸好幕开了，我的朋友也住了嘴。我无法告诉您那天都演了什么节目，我所能回想起来的，就是我时不时地向那个刚刚匆匆离开的包厢看去，而那里络绎不绝地有新的来访者。

可是，我怎么也忘不了玛格丽特。我的脑海里不停地涌动着另一种想法，我觉得我应该忘掉我的笨拙和她的侮辱。我想着，哪怕是倾家荡产，我也要占有这个姑娘，得到刚才那个我轻易放弃的位置。

玛格丽特和她的女伴没等戏演完就离开了包厢。

我也身不由己想离开自己的座位。

“您这就要离开吗？”欧内斯特问我。

“是。”

“为什么？”

这时候，他发现那个包厢没人了。

“去吧，去吧，”他说，“祝您好运，祝您得偿所愿。”

我立刻走了出去。

我听到楼梯上传来窸窣的衣裙声和喁喁的谈话声。我闪在一边不让人看见，只见两个年轻人陪着这两个女人走过来。

在剧院的立柱下，一个小厮朝她们迎上来。

“去跟车夫说，让他在英国咖啡馆门口等候，”玛格丽特说，“我们走到那边去。”

几分钟后，我徘徊在林荫大道上的时候，看到餐馆的一个大房间的窗口，玛格丽特正倚在窗台栏杆上，一瓣又一瓣地摘下她那束茶花的花瓣。

两个年轻人之中的一个俯靠在她肩上，跟她悄声说着话。

我在旁边的金屋餐馆二楼的大厅坐下，目不转睛地盯着那个窗户。子夜一点钟的时候，玛格丽特和三个朋友一起重新登上了她的马车。

我也搭上一辆双轮轻便马车，紧跟在后面。

她的马车在安泰街九号停了下来。玛格丽特从车上走下来，独自回到家里。

这种情况无疑是偶然的，但这种偶然却使我倍感荣幸。

从这天起，我经常在剧院里，在香榭丽舍大街遇到玛格丽特。她总是那样开心，而我也总是同样的激动。

然而，半个月之后，我哪里都找不到她了。见到嘉斯多时，我就向他打听她的消息。

“那个可怜的姑娘生病了。”他说。

“生了什么病？”

“肺病，她过的生活使得她的这种病是无法治愈的，现在她已经起不来床了，大概奄奄一息了吧。”

人心真是难以捉摸，她得了这种病，我反而觉得非常高兴。

每天我都去了解她的病情，不留姓名。后来，我知道她康复了，还去了贝尼尔。

岁月荏苒，虽说不上思念，但那次印象却逐渐在我的脑海中淡却了。我出门旅游，日常琐碎的生活交际和工作逐渐销蚀了我对她的迷恋。我把我们的第一次邂逅看作是一种初恋，就像年轻时常有的那样，随着时间的流逝，便一笑了之了。

再说，克服这种思念也没有什么值得大费笔墨的，因为自从玛格丽特走后，我就再也没有见过她了。正如我刚才跟您说的那样，就算她在杂耍剧场的走廊里从我身边走过，我也没能认出她来。

的确，那时她戴着面纱，但是换作在两年以前，即使她戴着面纱，我也一样不用看便能认出她来，我准能猜出是她。

当我知道这是她时，我的心还是情不自禁地怦怦直跳。两年没有见过她，这种天各一方所带来的淡忘，似乎在触碰她香裙的一刹那便烟消云散了。

第八章

但是，奥尔马停顿片刻继续说，在明白了我仍然迷恋着她的那一刻，我觉得自己比以往任何时候都更坚定了。在我渴望与玛格丽特重逢的同时，也希望让她看到我变得比她更高明了。

要采取怎样的办法，找出怎样的理由，才能实现心中的愿望啊！

为此，我不能久久地在走廊里待着，于是我又回到正厅坐好，快速地扫视了一眼大厅，想看看她究竟坐在哪个包厢里。

在舞台底层侧面的包厢里，她独自坐在那儿，正像我刚才跟您说的那样，她变了很多，嘴唇上没有了往日淡漠的微笑。她饱受病痛的煎熬，现在也正在忍受着。

尽管现在已经是四月了，然而她穿得还像冬天那样，全身都是丝绒衣服。

我目不转睛地盯着她，终于吸引了她的目光。

她端详了我一会儿，又拿起她的观剧望远镜仔细地把我瞧了个清楚。她一定觉得我很面熟，但又不能确切地记起来我是谁，因此在她放下观剧望远镜的时候，嘴角浮现出一丝淡笑，这是女人用来致意的妩媚的方式，为的是回应我的致意，她好像是正在等着我也这样做。但是我毫无反应，故意要显得占上风，看上去像是她回忆起了我，我反倒把她忘记了似的。她以为认错了人，转过脸去了。大幕升起了。

在演戏的时候，我频频看向玛格丽特，我发现她对表演根本不感兴趣。

至于我，对演出内容也同样漠不关心，我只是一门心思在她身上，尽量不让她察觉。我发现她正在同对面包厢里的人交换眼色。便朝那个包厢望去，一个我十分熟悉的女人也坐在里面。

这个女人以前也是受人供养的，还曾经试图进军戏剧界，可是没有成功。而后，她利用和巴黎那些风雅女子的熟络关系，开始投身商界，开了一家妇女时装商店。

从她身上我找到一个跟玛格丽特见面的好途径，趁她朝我这边看过来的时候，我用手势和眼色问候她。果然不出我所料，她招呼我到她的包厢去。

那个妇女时装店的老板娘有个好听的名字叫作甫丽苔丝·托维奴瓦，是一个四十岁的胖女人，从她们这样的女人那里打听消息是不用拐弯抹角的，况且我要向她了解的又是一件很普通的事。

趁她又要跟玛格丽特打招呼的时候，我问道：

“您是在张望谁呀？”

“玛格丽特·戈迪尔。”

“您认识她吗？”

“认识，她是我店里的老主顾，而且也是我的邻居。”

“就是说您也住在安泰街？”

“在七号。我俩梳妆室的窗口刚好对着。”

“据说她是一个非常有魅力的姑娘。”

“您不认识她吗？”

“不认识，但是我很想认识她。”

“您要我叫她到我们的包厢里来吗？”

“不用，还是您把我介绍给她吧。”

“到她家里吗？”

“是的。”

“这有点难。”

“为什么？”

“因为有一个嫉妒成性的老公爵总是监护着她。”

“监护，真有意思。”

“是的，”甫丽苔丝又说道，“可怜的老头儿，做她的情夫也真够为难的。”

随后甫丽苔丝给我讲述了玛格丽特是怎样在贝尼尔与公爵相识的。

“就是为此，”我接着说道，“她才独自到这儿来吗？”

“是的。”

“但是，谁陪她回去呢？”

“公爵。”

“他会来接她的，这么说？”

“待会儿他就会来接她。”

“那谁来接您呢？”

“没有人。”

“那我毛遂自荐陪您回去吧。”

“不过，我想你还有一位朋友一起的吧。”

“不如我们俩一起陪您回去好啦。”

“您的朋友是个怎样的人呢？”

“非常迷人的小伙子，很风趣，他认识您一定会很高兴的。”

“那好吧，一言为定，等这一幕演完之后，咱们三个人[①]一起走，因为我已经看过最后一幕了。”

“好的，我去通知我的朋友。”

“去吧。”

“啊！”正当我要出去的时候，甫丽苔丝对我说道，“您看，公爵进玛格丽特的包厢啦。”

我朝那边望过去。

果然，一个七旬老头刚刚在这个年轻女人的身后坐下了，还递给她一袋蜜饯，她马上笑盈盈地从袋里掏出蜜饯，然后把那袋蜜饯放到包厢前面，向甫丽苔丝比了个手势，意思是说：

① 原文为四个人，前后文矛盾，现改为三个。

“您想要一点吗？”

“不。”甫丽苔丝拒绝。

玛格丽特拿回蜜饯，转过身，开始和公爵谈话。

把这些事事无巨细地讲出来，很幼稚，可是，和这个姑娘有关的一切，我都历历在目，因此，我忍不住要一一回忆起来。

我下楼告诉了嘉斯多我刚才为我们俩的行程所做的安排。他答应了。

我们离开座位，要到楼上托维奴瓦太太的包厢去。

刚好一打开正厅前座的门，我们就不得不站住，给正要离开的玛格丽特和公爵让路。

我宁愿少活十年来代替这个老头的位置。

到了大街上，公爵搀扶玛格丽特上了一辆四轮敞篷马车，并亲自驾车，两匹骏马拉着他们很快便消失得无影无踪。

我们走进甫丽苔丝的包厢。

这一幕戏演完后，我们下楼离开剧院，坐上一辆普通的出租马车，车子把我们送到安泰街七号。甫丽苔丝在家门口邀请我们去她家，想让我们看看她家里堆存的让她引以为豪的商品，让我们开开眼界。可想而知我是多么巴不得接受她的邀请。

我觉得自己好像正在逐渐接近玛格丽特。没一会儿，我又把话题转移到玛格丽特身上。

“公爵在您的女邻居家里吗？”我问甫丽苔丝。

“不在，她必定是一个人。”

“我想她一定感到百无聊赖。”嘉斯多说。

“差不多每天晚上我们都在一起消磨时光，或者她回家以后就叫我过去。她在深夜两点以前几乎从不睡觉。”

“为什么呢？”

“她有肺病，并且总在发烧。”

“她没有情人吗？”我问。

“每次我去她家，从未见过她家里有人；但是我不能保证我走了以后有没有人去。晚上，我常常在她家里遇到一位N伯爵，这位伯爵经常在晚上十一点钟拜访她，而且只要她要首饰他就会送给她，从而使自己的追求更好地展开。但是她不喜欢他，其实，她错了，他是一个阔少爷。我经常白费唇舌地对她说：‘亲爱的孩子，他正是您很需要的！’她通常很听我的话，然而这次却转过身去，对我说，他太笨了。他是很笨，这我赞同。然而对她来说，伯爵会给她一个身份，而那个老公爵说不定随时就一命呜呼了。这些老头子都是自私的；他家里人又都不断地指责他对玛格丽特的迷恋：这就是他不可能给玛格丽特留下任何东西的两个原因。我和她讲道理，她却说：‘等公爵死了，也还来得及跟伯爵发展。’”

“像她如此生活可不总是开心的，”甫丽苔丝继续说，“我呀，我是很明白的，我受不了这种生活，我会赶紧撵走老头子的。这个老头儿平庸乏味，他称玛格丽特为他的女儿，把她当作孩子一样关心，始终在监视她。我有十分的把握，现在他的一个仆人正徘徊在街上，看看都有谁从她家里出来，尤其是看都有谁进去。”

“啊！可怜的玛格丽特！”嘉斯多一边说，一边在钢琴前面坐了下来，弹了一首华尔兹舞曲，“我并不了解这些事。但是我觉得这一段时间她不如以前那样开心了。”

“嘘！”甫丽苔丝边说边侧耳倾听着。

嘉斯多停止了弹奏。

“我觉得是她在叫我。”

我们一起侧耳谛听着。果然，有个声音在叫甫丽苔丝。

“好了，先生们，你们走吧。”托维奴瓦夫人对我们说。

“啊！您就是这么招呼客人的吗？”嘉斯多笑着说道，“我们愿意走的时候自然会走。”

“为什么我们要走呢？”

“我要去玛格丽特那儿了。”

“我们就在这儿等着好了。”

“那可不行？”

“要不我们和您一起去。”

“那更不行。”

“我呀，我和玛格丽特认识。”嘉斯多说，“我完全可以去拜访她。”

“可是奥尔马不认识她呀。”

“我帮他作介绍。”

“这行不通。”

我们再次听到玛格丽特不停地叫甫丽苔丝的声音。

甫丽苔丝走进她的梳妆室。我和嘉斯多也尾随了进去。她打开窗子。我们躲了起来，以免被外面的人看见。

“我叫了您十分钟了。”玛格丽特在窗口说，口气几乎有点儿蛮不讲理。

“您叫我有什么事吗？”

“我要您立刻过来。”

“怎么了？”

“因为N伯爵赖着不走，我简直快被烦死了。”

“我现在走不开。”

“谁妨碍你呢？”

“我家里来了两个年轻人，他们不愿意走。”

“告诉他们您必须得出门了。”

“我已经跟他们讲过了。”

“那就让他们在你那儿待着吧；他们见您出了门，自然就走了。”

“对，在把我家搞得乱七八糟以后！”

“那他们到底想干什么呀？”

“他们想见您。”

“他们叫什么名字？”

“其中一位您认识，是嘉斯多·R先生。”

“啊！是的，我认识他。另一位呢？”

“奥尔马·狄沃尔先生。您不认识他吗？”

“不认识，不过尽管带他们过来吧，除了伯爵，见谁我都乐意。我等着您，快点来吧！”

玛格丽特关上了窗户，甫丽苔丝也关上了。

玛格丽特刚刚还记起了我的面孔，这会儿却不记得我的名字了。我宁愿她记得我当初的窘态，也不愿意她忘记我的姓名。

“我早就知道，”嘉斯多说，“她会很乐意见到我们的。”

“乐意就恐怕未必，”甫丽苔丝一边搭披肩、戴帽子，一边回答说“她愿意招待你们，就是为了打发伯爵走。你们要尽量做得比伯爵讨人喜欢一些，否则凭借我对玛格丽特的了解，她会和我翻脸的。”

我们跟着甫丽苔丝一起下了楼。

我有点紧张，我觉得这次拜访会对我的一生产生巨大的影响。

此刻我比在喜剧歌剧院的包厢里被介绍给她的那天晚上更为激动。

在走到您所认识的那所公寓门前的一刹那，我的心跳如此强烈，以至于脑子里一片空白。

几声钢琴的和音传到了我们的耳朵里。

甫丽苔丝去按门铃。钢琴声停止了。

一个女人来给我们开了门，她看上去更像一个雇来的女伴，而不是女佣。

我们先穿过大客厅，然后来到小客厅，里面的陈设就如同您后来所看到的那样。

一个年轻人倚在壁炉旁。

玛格丽特坐在钢琴前面，任手指在琴键上舞动，弹奏了一首又一首的曲子，却没有一首弹完整的。

屋里的场面一派沉闷的气氛，因为男的为自己的平庸而感到局促不安，女的为这个丧门星的来访而叫苦不迭。

一听到甫丽苔丝的声音，玛格丽特便站起身，向托维奴瓦夫人投去感谢的目光，同时向我们迎了上来，对我们说道：

“请进，先生们，欢迎光临。”

第九章

“晚上好，亲爱的嘉斯多，”玛格丽特对我的同伴说：“很高兴能见到您。在杂耍剧院时，您怎么不到我的包厢来呢？”

“我担心那样过于冒昧。”

“朋友嘛，”玛格丽特十分强调这个词，好像她要在场所有的人都明白，虽然她以一种十分亲热的方式对待嘉斯多，但过去和现在他始终只是一个朋友而已，“朋友永远不会过于冒昧的。”

“那么，请允许我向您介绍奥尔马·狄沃尔先生！”

“我已经答应让甫丽苔丝替我作介绍了。”

“再说，夫人，”这时我躬身说道，终于能够让我的声音清晰可辨，“我已经有幸被介绍给您过了。”

玛格丽特迷人的双眼看上去正在记忆中搜寻，但还是什么也没想起来，或者看上去什么也没想起来。

“夫人，”我继续说，“我很感谢您忘记了第一次的介绍，因为当时我非常可笑，而且一定让您感觉很讨厌。那是两年前，在喜剧歌剧院；我和欧内斯特在一起。”

“哦！我想起来了！”玛格丽特笑着说，“不是您当时可笑，而是我喜欢戏弄人，我现在也还有点这样，不过好一些了。您已经原谅我了吧，先生？”

她将手伸给我，我吻了一下。

“不错，”她又说，“请想象我有个坏习惯，我喜欢难为初次见到的人，这样做很蠢。我的医生说，这是由于我有点神经质，而且身体又总是不舒服，请相信我医生的话。”

“但是您看起来非常健康。”

“噢！我曾经大病一场。”

“这我知道。”

“是谁告诉您的。”

“所有人都知道，我常常来打听您的情况，我十分高兴知道您痊愈了。”

“我从来没有收到过您的名片。”

“我一向不留名片。”

“在我生病期间，有个年轻人每天来打听我的病情，却从来不愿留下名字，这个人就是您吗？”

“正是。”

“那么，您不但心胸宽广，而且心地善良。”她朝我瞥了一眼，女人在对一个男人做出评价时，就会用这种眼神作为补充。随后她转身对德·N先生说：“伯爵，您是不会这样做的。”

“我认识您刚刚两个月呀。”伯爵辩解说。

“但这位先生才不过认识我五分钟。您老是回答些蠢话。”

女人对待她们不喜欢的人是冷酷无情的。

伯爵涨红了脸，嘴唇紧咬着。

我对他产生了怜悯，因为他看起来像我一般坠入了情网，而玛格丽特冷酷的坦率一定让他很难堪，特别是当着两个陌生人的面。

“我们进来的时候，您不是正在弹钢琴吗？”我想转移话题，于是说道，“您不愿赏脸把我当作您的老朋友，继续您的弹奏吗？”

“噢！”她说，一边向长沙发倒去，示意让我们也坐下，“嘉斯多知道我弹的什么曲子。我跟伯爵单独相处时就是这样的，但是我不想要你们也遭这份罪。”

“您是为了我才有这样的爱好吧？”德·N先生回嘴说，他尽可能表现出狡黠而嘲讽的微笑。

“您这样指责我就错了，这是我唯一的爱好。”

显然，这个可怜的小伙子无言以对。他向年轻姑娘投去了实在可以说是哀求的目光。

“那么，甫丽苔丝，请您说说，”她继续说，“我托您办的事办好了吗？”

“办好了。”

“那好，待会儿告诉我好了。我们有点事谈，当我还没跟您谈话之前，您先别走啊。”

“我们或许来得很冒昧。”这时我说，“如今我们，确切地说是我，已经得到第二次介绍，可以忘掉第一次了，嘉斯多和我，我们就此告辞了。”

“千万不要走，我这话不是冲着你们来的。相反，我希望你们留下。”

伯爵拿出一块十分精美的表，看了看时间：

“我应该去俱乐部了！”他说。

玛格丽特缄默不语。

于是伯爵离开壁炉，来到她面前：

“再见，夫人。”

玛格丽特站起身来。

“再见，亲爱的伯爵，您这就要走吗？”

“是的，我恐怕使您感到厌烦。”“您今天并没有比往日更让我厌烦。什么时候再见到您呢？”

“只要您允许。”

“那就再见吧！”

您得承认，她这一招实在无情。

幸亏伯爵接受过良好的教育，又非常有涵养。玛格丽特漫不经心地向他伸出手去，他仅仅吻了一下手，向我们行了个礼，随后就离开了。

在他跨出房门的时候，我看了看甫丽苔丝。

她耸耸肩，那种神情意味着：

“您让我怎么办呢？我把能做的都做了。”

“拉尼娜！”玛格丽特大声叫道，“替伯爵先生照亮。”

我们听到了开门和关门的声音。

“可算走了！”玛格丽特回来时嚷嚷说，“这个年轻人真是让我心烦意乱。”

“亲爱的孩子，”甫丽苔丝说，“您对他真是太刻薄了，他对您多温柔体贴啊。您看壁炉上还有一块他送给您的表，我敢说这块表至少值一千埃居[①]。”

托维奴瓦太太走近壁炉，拿起她刚才提及的精巧物体把玩着。并投以贪婪的目光。

“亲爱的，”玛格丽特坐到钢琴前说，“我把他送的礼物和他对我说的话，放在天平两端衡量了一下，我觉得允许他来访还是太便宜他了。”

“这个可怜的年轻人可是爱您的。”

“如果我必须得听所有爱我的人说话，我也许连吃饭的时间都没有了。”

她的手在琴键上飞舞着，然后转过来对我们说：

“你们想吃点什么吗？我呢，很想喝一点帕趣酒[②]。”

“我嘛，我想吃点儿鸡肉，”甫丽苔丝说，“我们吃点儿夜宵吧？”

“就这样，我们去吃夜宵。”嘉斯多说。

“不，我们就在这儿吃吧。”

她打铃，拉尼娜走了进来。

“让人去准备夜宵。”

“吃些什么呢？”

“随你安排，但是要快，立刻就要。”

拉尼娜出去了。

“好啦，”玛格丽特像个孩子似的跳着说，“我们要吃夜宵了，那个笨蛋伯爵真让人厌烦！”

---

① 法国古钱币。

② 又称潘趣酒，是一种英国饮料，在烧酒或果子酒中掺入糖、柠檬、红茶等制成。

我越看这个女人，越着迷。她美得让人心醉神驰，甚至连她的消瘦也别有一番风韵。

我看得出了神。

我很难解释清楚自己所产生的改变。我对她的身世充满同情，对她的美貌充满仰慕。她不肯接受一个英俊、富有、准备为她倾家荡产的年轻人，这种毫不势利的态度使我原谅了她过去的全部过错。

这个女人身上有某种单纯的东西。

可以看出她尽管过着放纵的生活，但内心仍然很纯真。她步履稳健，体态娉婷，玫瑰色的鼻孔张开着，大大的瞳仁周围有一圈淡淡的蓝色，这一切表明她是那种天性热情的人。在这样的人周围，总是散发出一股享乐的芬芳，犹如那些东方的香水瓶一般，无论盖得多严，里面香水的味道仍然会散发出来。

总之，不论是出于气质，还是出于疾病的症状，在这个姑娘的眼里，不时闪现出欲望的光芒，这种欲望的外露，对于她曾经爱过的人来说，不啻一种天启。然而爱过玛格丽特的人不胜枚举，而她爱过的人还数不出来。

一句话，在这个姑娘身上能看到处女的特质，她只是一时失足成了交际花，而这个交际花很容易成为最纯洁、最多情的贞节女子。玛格丽特身上还有一些傲慢和独立。这两种受过挫伤的品质可以起到和贞洁同样的作用。我一言不发，我的灵魂仿佛全在我的心里，而我的心又似乎全在我的眼睛里。

“如此说来，”她突然又说，“我生病的时候，是您常常来打听我的病情？”

“是的。”

“您知道这么做实在是太棒了！我要怎么做才能感谢您呢？”

“允许我经常来看看您。”

“悉听尊便，下午五点至六点，半夜十一点至十二点都可以。嗨，嘉斯多，请为我弹一曲《邀舞曲》。”

“为什么？”

“首先是为了让我高兴，其次是因为我一个人老是弹不好这曲子。”

“那么，哪部分让您觉得困难呢？”

“第三段升高半音的那一段。”

嘉斯多站起来，坐到钢琴前面，开始弹奏韦伯[①]的这首绝妙名曲，乐谱摊开在谱架上。

玛格丽特一手扶着钢琴，看着琴谱，目光紧随着上面的每个音符移动，随着琴音低声吟唱着。当嘉斯多演弹到她说的那一段时，她一边用手指敲击着钢琴顶部，一边轻声唱道：

“来，咪，来，多，来，法，咪，来，这就是我每次都弹不好的地方。请再弹一遍。”

嘉斯多重新弹了一遍，弹完以后，玛格丽特对他说：

“现在让我来试试。”

她坐下来并弹了起来，可是她的手指不听使唤，每当弹到刚才提到的那几个音符中的一个时就会出错。

“真令人难以置信，”她几乎用孩子的腔调说：“我老是弹不好这一段！你们信吗，有几次我弹这一段一直到深夜两点钟！每当我想到这个蠢伯爵不看乐谱却可以弹得那么出色时，我想也许就是这个原因使我跟他大动肝火。”

她又弹了一遍，但仍是老样子。

“让这烦人的曲子见鬼去吧！”她边说边把乐谱扔到房间的另一头，“为什么我就不会连续弹出八个高半音呢？”

她交叉抱着双臂，看着我们，气得直跺脚。

她的脸颊马上升起一片红晕，一阵轻微的咳嗽令她嘴半张着。

“瞧瞧，瞧瞧，”甫丽苔丝说，她已经摘下了帽子，在镜子前面整理她的发带，“您又要生气了，弄得自己不舒服，不如我们去吃夜宵吧，我呀，都快饿死了。”

玛格丽特又拉了一下铃，随后她又坐到钢琴前面边轻声地哼着一首轻浮的歌曲边伴奏，没出一点错。

嘉斯多会唱这首歌，于是他俩来了个二重唱。

---

① 18~19世纪时期德国著名作曲家。

“别再唱这种下流的歌了。”我用恳切地语气亲切地对玛格丽特说。

“噢！您可真是纯洁无瑕啊！”她微笑着对我说，同时向我伸出了手。

“这不是为我而是为您着想啊！”

玛格丽特比了一个手势，示意道：“噢！我呀，我早就和贞洁一刀两断了。”

这会儿拉尼娜走了进来。

“夜宵准备好了吗？”玛格丽特问。

“夫人，再等一会儿就好了。”

“还有，”甫丽苔丝对我说，“您还未参观过这套公寓呢。来，我带您去看看。”您知道，客厅布置得十分富丽堂皇。

玛格丽特陪了我们一会儿，然后她叫上嘉斯多，他们一起到餐室去看夜宵有没有做好。

“看，”甫丽苔丝高声说道，她盯着一只多层架子，从上面取下一个萨克森小塑像，“我还不知道您有这么一个小塑像呢！”

“哪一个？”

“手里拿着一只鸟笼的小牧童，笼里还有一只鸟。”

“要是您喜欢，就拿去吧！”

“哦？但我恐怕这会夺您所爱。”“我觉得它很丑，我原本想把它送给我的女佣，既然讨您的喜欢，就拿走吧。”

甫丽苔丝只重视礼物本身，也不在乎送礼的方式。她把小塑像放在一边，将我领到梳妆间，指着挂在那里的两幅细密肖像画对我说：

“这就是德·G伯爵，他曾经爱慕过玛格丽特。是他把她捧出来的。您知道他吗？”

“不知道。另外一位是谁？”我指着另外一张细密肖像画问道。

“小德·L子爵？他不得不离开了她。”

“为什么？”

“因为他差不多倾家荡产了。这也是一个以前爱慕过玛格丽特的人！”

“那么她一定非常爱他喽？”

“这是个脾气非常古怪的姑娘，别人根本不知道怎样和她相处。德·L子爵离开她的那天晚上，她和平常一样去看戏，可是，在他离开的时候，她倒是哭了。”

这时，拉尼娜来了，禀报我们夜宵已经准备好了。

当我们走进餐厅的时候，玛格丽特靠在墙上，嘉斯多握着她的手，悄声地和她说着话。

“您疯了！”玛格丽特回答说，“您很清楚我不愿意接受您。像我这样的女人，用不着花两年的时间来了解，然后才来要求做我的情人吧。我们这种人，要么立刻委身于人，要么永远也不。来吧，先生们，请入席。”

于是玛格丽特摆脱嘉斯多的手，让他坐在她右边，我坐在她左边，然后对拉尼娜说：

“你先去关照厨房里的人，如果有人拉铃，不要开门，然后再来坐。”

这样吩咐的时候，已经是深夜一点钟了。

这顿夜宵上，我们酣畅地吃喝取乐，直至欢快到了极点，不时地爆发出不堪入耳的话。有些圈子里的人觉得这些话很逗乐，拉尼娜、甫丽苔丝和玛格丽特就很为之喝彩叫好。嘉斯多纵情享乐，他是一个心地善良的年轻人，但是他的思想因为早些时期染上的恶习而有点变坏。我一度很想随波逐流，让自己从心灵到思想都融入眼前的寻欢作乐当中，享受这美馔佳肴般的快乐。然而，我渐渐地脱离这片喧闹，我的酒杯始终满满的。看着这位二十岁的美人儿喝酒，像脚夫那样说话，别人讲的话越不堪入耳，她笑得越开怀，我变得近乎哀伤。

我觉得这种寻欢作乐，这种讲话和喝酒的方式，表现在其他在座的人身上是放荡、坏习惯或者精力旺盛的结果，而在玛格丽特身上，我感觉到的却是一种忘却现实的需要，一种癫狂，一种神经质的应激反应。每喝一杯香槟酒，一阵发烧的红晕就覆盖在她的脸颊，夜宵开始时，她轻微的咳嗽，久而久之变得越来越厉害，她不得不把头仰靠在椅背上，每次咳嗽时，都要用双手紧压胸脯。

像这样每天狂喝滥饮，势必会让她那孱弱的身体受到伤害，我看了真的很难过。

不出我所料，我害怕的事终于发生了。夜宵就要结束时，玛格丽特一阵狂咳，这是我来了以后她咳嗽得最厉害的一次。我觉得她的五脏六腑就像在胸膛里被撕碎了。可怜的姑娘脸色变得通红，痛苦地合上眼睛，用餐巾擦拭嘴唇，餐巾被一滴鲜血染红了。于是她站起身来，奔跑进了梳妆室。

“玛格丽特怎么啦？”嘉斯多问。

“她笑得太厉害，咳出血来了。”甫丽苔丝说，“啊！没关系，她每天都是这样的。她一会儿就会回来的。让她独自待会儿，她更喜欢那样。”

至于我，我情不自禁，虽然甫丽苔丝和拉尼娜大吃一惊，想叫住我，但我还是去找玛格丽特了。

第十章

她躲进的那间屋子里，只有一支放在桌子上的蜡烛的亮光。她仰倒在一张大沙发上，连衣裙解开着，一只手按住心口，另一只垂下来。桌上放着一个银面盆，里面有半盆水，水里漂浮着大理石花纹一般的缕缕血丝。

玛格丽特脸色惨白，半张着嘴，竭力想喘过气来。她的胸口不时地由于深呼吸而鼓胀起来，吐气之后，似乎轻松了一些，使她有片刻的工夫感觉舒服一次。

我靠近她，她纹丝不动。我坐下来，握住她放在长沙发上的那只手。

“啊！是您？”她笑了一笑对我说。

大概我表情大惊失色，因为她又问我：

“您也生病了吗？”

“没有。可是您还难受吗？”

“稍微有点，”她用手帕拭去因咳嗽涌上的眼泪，“这种情况我现在已经习惯了。”

“您这是在自杀，夫人。”我用激动的声调对她说，“我愿意做您的朋友，您的亲人，以便阻止您这样糟蹋自己。”

“啊！您实在用不着大惊小怪，”她用悲哀的语调解释说，“您看看其他人是不是还关心我：这是因为他们非常清楚这种病是无可救药的。”

说完，她站起来，拿起蜡烛，把它放到壁炉上，然后照了照镜子。

“我的脸色是多么苍白啊！”她边说边把连衣裙系好，用手指把散乱的头发梳理好。“啊！行了！我们重新入席吧，您不来吗？”

但我仍旧坐着一动不动。

她理解这种场面对我情绪的影响，因此她走近我，把手伸给我，对我说：

“看你，来吧。”

我抓住她的手，把它放到唇边，两滴忍了很久的泪水滚落下来，打湿了她的手。

“好啦，瞧您多么孩子气啊！”她边说边坐到我身边，“瞧您都哭了！您怎么啦？”

“您一定觉得我有点傻，可是刚才的情景令我难过极了。”

“您心肠真善良！您叫我有什么办法呢？我无法入睡，我必须得消遣消遣。再说，像我这样的姑娘，多一个少一个又何妨呢？医生告诉我，我咳的血是从支气管出来的，我装着相信他们的话，否则我又能拿他们怎么办呢。”

“听我说，玛格丽特，”于是我再也无法控制自己了，说道“我不知道您对我的一生会产生怎样的影响，可是我知道，眼下您是我最关心的，超过了任何人，甚至是我的妹妹。自从我见到您以来，就是这样的情况了。哦，看在上天的分上，好好照顾自己，不要再像眼下这样生活下去了。”

“即便我好好照顾自己，我也会死去。现在支撑着我的，正是我过着的狂放不羁的生活。再说，好好照顾自己，那只对有家庭和朋友的上流社会妇女有用，而对于我们，一旦我们不能再满足情人的虚荣心，不能再陪他们寻欢作乐，他们就会将我们抛弃，于是漫漫长夜过后，迎接我们的又是度日如年的白昼。我对此一清二楚，唉，我在床上躺过两个月，在第三个星期之后，就没有人再来看望我了。”

“我对您来说确实什么也算不上，”我继续说，“但是，只要您不嫌弃，我会像亲兄弟一样照顾您，不会离开您，我要治好您的病。等您身体康复以后，您还可以随心所欲地过眼下的生活，但是，我十拿九稳，您会更喜欢平静的生活的，这种日子会让您感到更幸福，会使您永葆青春靓丽。”

“今晚您这样想，是由于您酒后感伤，但是，您夸口时的那份耐心今后是绝对不会有的。”

“请允许我告诉您，玛格丽特，您生过两个月的病，在这两个月里，我天天都来打听您的消息。”

“不错。可是，您怎么不上楼呢？”

“因为那时我还不认识您。”

“和我这样的女人有什么可以拘礼的？”

“和一个女人在一块儿总令人拘谨，至少我的想法是这样。”

“这么说来，您真会照顾我喽？”

“是的。”

“您每天都会待在我身旁吗？”

“当然。”

“甚至每一夜也一样吗？”

“只要您不厌烦我，日日夜夜都是。”

“您这叫什么？”

“忠贞不渝。”

“这忠贞不渝从何而来？”

“来自我对您无法克制的爱恋。”

“如此说来，您爱上我了吗？马上说出来吧，这样更干净利落些。”

“大概是的，可是，即便有朝一日我要对您表白，那也不是今天。”

“最好您永远都不要对我表白。”

“为什么？”

“因为这样表白只会有两种后果。”

“哪两种？”

“要么我拒绝，到时您肯定会怨恨我；要么我接受您，那么您就会有一个愁眉苦脸的情妇——一个神经质的、有病的、忧郁的女人，一个快乐的时候比悲伤更悲伤的女人，一个整天咯血，而且每年要花费十万法郎的女人。对公爵这样一个老富翁来说，是能够承受的，而对您这样一个年轻人来说就很棘手了。事实上，我以前所有的年轻情人都很快就离开我了。"

我默不作声，我倾听着。这种近乎忏悔的坦率，这种我在金色面纱遮盖下依稀看到的痛苦生活，可怜的姑娘用放荡、酗酒和失眠来逃避生活现实，这一切让我感慨万千、说不出来一句话。

"算了，"玛格丽特继续说，"我们净说孩子气的话。伸手给我，我们回到餐厅去吧。别让他们知道我们离开这会儿干了什么。"

"要回去您就回去吧，请您允许我独自待在这里。"

"为什么呀？"

"因为您的寻欢作乐使我感到非常难受。"

"那么，我就满面愁容好啦。"

"啊，玛格丽特，我跟您说一件事，这件事大概别人经常在您耳边提起，您已经听惯了，习以为常了。不过这件事是千真万确的，以后我也不会再和您说了。"

"什么事？"她微笑着说，那种微笑就像是年轻的母亲在听到孩子说傻话时浮现出来的。

"自从见到您后，我不知道是怎么回事，您在我的生活中占据着一个重要的位置，我曾想把您从我脑海中驱除，但我也不知道为什么，您的形象总是去了又回。我已经两年没见过您了，今天再次和您相遇，您在我的心里和脑海里占据了不可动摇的地位。最后，既然您接待了我，我们认识了，我清楚了您全部的特殊情况，那么，您便成了我不可缺少的人。千万别说不爱我，即使是您不允许我爱您，我也会发疯的。"

"可是您是多么可悲啊，照搬D太太[①]的话来说：'那么您是个富翁啰！'如此说您并不知道我每月要花上六七千法郎，这已是我生活中必不可少的花费。这么说，我可怜的朋友，您并不清楚我会

① 指托维奴瓦太太。

在短短的时间里就让您倾家荡产，您家里人会停止您一切花销的供给，以此来警告您不要和我这种女人一起生活。像爱一个好朋友那样爱我吧，可是别换另外的方式。您来看我，我们一起有说有笑，但是用不着夸大我的身价，因为我是不值得的。您心地善良，需要爱情。您太年轻，很容易动感情，我们的生活圈子不适合你。去找一个结过婚的女人吧，您看，我是一个善良的姑娘，什么都跟您直来直去地说了。”

“好啊！你们在这里搞什么鬼啊？”甫丽苔丝嚷道。她什么时候来的我们一点声音都没听到，只见她披头散发，连衣裙解开，突然出现在门口，可以看得出这是嘉斯多的手弄乱的。

“我们是循规蹈矩的，”玛格丽特解释道，“请让我们再待一阵儿，我们马上就来。”

“好，好，你们谈吧，孩子们。”甫丽苔丝说着就走开了，并顺便关上了门，好像是为了强调她最后几句话的语气一般。

“就这么一言为定，”只剩下我们俩时，玛格丽特继续说，“您就不要再爱我了。”

“那我就远走高飞。”

“竟然到这种程度了吗？”

我说过头了，以至于没了退路。然而，这个姑娘已经让我神魂颠倒了。这种快乐、悲伤、纯真、忧郁、放荡的混合，甚至那种加剧她多愁善感、神经亢奋的疾病，这一切都使我明白假如一开始我就无法控制这个天性健忘和轻浮的女人，那我就只会失去她。

“喂，您是认真的吗？”她笑着问。

“是的，我非常认真。”

“可是，您为什么不早和我说呢？”

“我哪里有机会对您说这些。”

“在喜剧歌剧院被介绍给我的第二天就可以告诉我嘛。”

“我觉得要是那时候我去看您的话，您接待我的态度一定会很差。”

“为什么呢？”

“因为在前一晚上我有点蠢头蠢脑的。”

“这倒是真的。但是那时候您不是就早已爱上我了吗？”

“是啊。”

“但这并不妨碍您在看完戏后，回家安然入睡。这种伟大的爱情到底是怎么回事，我们都一清二楚。”

“那样说，您就搞错了。您知道那晚我离开戏剧院之后的所作所为吗？”

“不知道。”

“我先在英国咖啡馆门口等待您，然后尾随您和您三位朋友乘坐的车子，当我看到您独自一个人下车回家，我觉得很高兴。”

玛格丽特笑了。

“您笑什么？”

“没什么。”

“说给我听吧，我求您了，不然我会以为您是在嘲笑我。”

“您不会生气吧？”

“我哪有权利生气呢？”

“那么，我独自回家，是有一个很好的理由的。”

“什么理由？”

“有人在这里等我。”

即使她捅我一刀，也不会比这更让我痛苦。我站起来，向她伸出手去：

“再见。”我冲她说。

“我早就知道您会生气，”她说，“男人们总是兴致勃勃地想知道使他们难堪的事。”

“但是，我向您保证，”我冷冷地接着说，好像想证明自己已经彻底平息了激怒似的，“我和您保证，我没有生气。有人在等您，是自然而然的事，就和我凌晨三点钟要告辞一样，同样是自然而然的事。”

“难道也有人在家里等您吗？”

“没有，但是我必须走了。”

“那么，再见啦。”

“您这是在打发我走吗？”

“绝不是。”

“您为什么要使我难过呢？”

“我怎么使您难过了？”

“是您告诉我说那天有人在等您。”

“想到您看到我独自回家，而且是为了一个好理由的时候居然觉得很高兴，我就忍俊不禁。”

“人们往往会犯孩子气。在这时令人扫兴是很可恶的。只有令人保持快乐，才会使找到快乐的人愈加快乐。”

“可是您究竟把我们当做什么人来打交道呢？我既不是处女，也不是公爵夫人。我不过今天才认识您，用不着向您一一汇报我的行动。就算有朝一日我成为您的情妇，您也要知道，除了您以外我还有很多别的情人。如果您事先就已经吃醋了，那么以后，又会如何呢？就算以后有这一天吧！我从未见过和您一样的男人。”

“这是因为像我这样爱您的人还从来没有。”

“嗨，直说吧，您真的很爱我吗？”

“我觉得我对您的爱已经达到了最大限度。”

“这些都是从何时开始的？”

“从我看见您从马车上走下来，迈进絮斯商店那一天开始，到现在已经三年了。”

“您知道吗？真是妙不可言。可我要做什么才能报答这伟大的爱情呢？”

“应该稍微给我点爱。”我试探着说，剧烈的心跳简直快使我讲不出话来了。虽然她在这场谈话中一直流露出讥讽的微笑，但我还是认为，玛格丽特开始和我一样心慌意乱了。我一直翘首盼望的时刻终于临近了。

“那么公爵怎么办呢？”

“哪个公爵？”

“我的老醋坛子。”

“他会一无所知的。”

“假如他知道了呢？”

“他会原谅您的。”

“唉！不会的！他如果抛弃我了，那我该怎么办呢？”

“您为了别人也在冒这种被抛弃的风险。”

“您是如何知道？”

“您刚才不是吩咐今晚不让任何人进来吗，这已经透露了消息。”

“是的，但这是一位很庄重的朋友。”

“您并不怎么看重他，因为这种时候您叫人把他拒之门外。”

“您没资格责备我，我是为了接待你们，您和您的朋友。”

我逐渐地靠近玛格丽特，我已经搂住了她的腰，我感到她柔软的身体已经在我的怀里了。

“如果您知道我多么爱您就好了！”我低声对她说。

“您当真？”

“我向您发誓。”

“好吧！如果您答应我，对我百依百顺，毫无二话，不监视盘问我，那么我或许会爱您的。”

“我全按您的意思办！”

“可是，我有言在先，我要自由自在、无拘无束，想干吗就干吗，我不会向您一一汇报我的生活情况的。很久以来我一直在物色一个年轻的情人，他随我摆布，一往情深，完全相信我，只要爱情不求权利。但我一直没有找到。男人们就是这样，一旦得到眼巴巴期望得到的东西，时间长了，他们非但不会感到满足，反而要求他们的情妇把过去、现在以至未来的情况讲清。待他们渐渐熟悉情妇之后，便想控制她。给了他们所需要的一切之后，他们愈发得寸进尺。要是现在我打定主意再找一个情人的话，我希望他具备三项稀有的品质：就是他要信任人、服从和谨慎。”

“好吧，您要怎样我都照办。”

“我们以后再看吧。”

“什么时候？”

“再过段时间。”

“为什么呢？”

“因为，”玛格丽特一边说，一边挣脱我的怀抱，摘了一朵早上刚送来的红茶花，插在我的纽扣孔里，“因为条约不会在签字当天就生效的。”

这是很容易理解的。

“那么，我何时能再见到您呢？”我边说边把她紧紧搂在怀里。

“当这朵茶花改变颜色的时候。”

“那它什么时候才会改变颜色呢？”

“明天晚上，半夜十一点到午夜之间。您高兴了吧？”

“这还用问吗？”

“不论是您的朋友、甫丽苔丝，还是别的人，都要闭口不谈。”

“我答应您。”

“现在，吻我一下，然后我们就一起回餐厅去吧。”

她的嘴唇向我贴近，随后重新将头发捋平。当我们走出这个房间时，她唱着歌，而我呢，有点疯疯癫癫。

走进客厅时，她站住了，悄声对我说：

“我看起来一副立刻接受您的青睐的模样，您会感觉有些意外吧？您知道这是为何吗？”

“这是因为，”她继续喃喃地说，紧紧握住我的手压在她的胸口上，我觉得她的心在扑腾扑腾地跳动，“这是因为，和别人比我活的时间不长了，我决心抓紧时间生活。”

“不要再跟我说这样的话了，我恳求您。”

“哦！您放心吧，”她边笑边继续说，“就算我活不了多久，也会活得比您爱我更久。”

她唱着歌走进了餐厅。

“拉尼娜去哪儿了？”她看到只有嘉斯多和甫丽苔丝，于是问道。

“她在您的房间里打盹呢，等着侍奉您上床睡觉呢。”甫丽苔丝回答。

“真是可怜的姑娘！累坏她了。好啦，先生们，请便吧，时候不早了。”

十分钟以后，嘉斯多和我告辞出来。玛格丽特和我握手道别，甫丽苔丝留下了。

“喂，”出去以后，嘉斯多问我，“您觉得玛格丽特如何？”

“她是个天使，我真为她神魂颠倒了。”

“我早就料到了。这表白的话您对她说了吗？”

“说了。”

“她对您说相信您了吗？”

“没有。”

“甫丽苔丝可不一样。”

“她答应您了吗？”

“比答应更进一步，亲爱的！您简直难以相信，她风韵犹存呐，这个胖乎乎的托维奴瓦！”

第十一章

故事讲述到这里，奥尔马停住了。

“请您关上窗子好吗？”他对我说，“我觉得有点冷。您把窗关上，我想躺一下。”

我关上窗子。奥尔马的身体仍旧十分虚弱，他脱去便袍，躺倒在床上，把头靠在枕头上歇了一阵儿，神情就像历经过长途跋涉而精疲力竭的人，又像一个因为痛苦的往事而激动不安的人。

“您也许说得太多了，”我安慰他，“我还是告辞，让您睡觉好吗？改天再洗耳恭听故事的结局。”

“您觉得我讲的故事无聊吗？”

“正好相反。”

“那么我就接着讲。如果您撇下我独自一人，我也睡不着。”

当我回到家之后——他又继续说，不用深思熟虑，所有细节都历历在目——我没有睡，开始思索这一天发生的事情。与玛格丽特的相见、介绍，她对我许下的承诺，这一切都是突如其来，让我始料不及，有时我还以为是在做梦呢。可是，一个男人向玛格丽特提出要求，她答应在第二天满足他，这也不是破天荒第一次。

我这样思索是徒劳的，我未来的情妇给我留下的最初印象十分深刻，始终萦绕在脑海。我固执己见，认为她和其他的姑娘不一样。我和所有男人的虚荣心一样更倾向于相信她对我就像我对她那样一见钟情。

可是我又看到一些互相矛盾的情况。我经常听别人说，玛格丽特的爱情像商品一样，价格也随着季节的变化而涨落。

可是另一方面，她不断地拒绝我们在她家遇到的那个年轻伯爵的要求，这件事跟她的坏名声之间又能作何解释呢？也许您会对我说，她不喜欢伯爵，因为她有公爵供养，生活奢华。即便她要再找一个情人，她也宁愿爱上一个讨她喜欢的人。那么，为什么她不要英俊、风趣、富有的嘉斯多，却要喜欢我呢？何况我们第一次见面时，她还觉得我非常可笑呢。

不错，有时一分钟内发生的事，比一年的苦苦追求更起作用。

在吃夜宵的那些人当中，只有我为她离席而感到焦急不安。我跟在她后面，激动得不能自已，无法掩饰。当我吻她的手的时候，泪水涟涟。这种情况，再加上在她患病的两个月里，我每天都去探问她的病情，终于使她发现了我的与众不同。也许她心里思量着，对于这样一个真心表达爱情的人，她完全可以一如既往，她已经干过那么多次，这种事对她已经无足轻重了。

正如您看到的一样，所有这些设想都是相当可能的。可是，不管她为什么同意，有一点是可以确信无疑的，那就是她已经同意了。

我始终钟情于玛格丽特，我即将得到她，我绝对不能对她有进一步的苛求了。可是我对您再强调一遍，虽然她是受人供养的交际花，可能我把她诗意化了，我以前还觉得这份爱情毫无希望，因此，越临近这个希望即将实现的时刻，我就越是狐疑满腹。

我一夜没有合眼。

失魂落魄，如痴似呆。我时而觉得自己还不够漂亮，不够富有，不够风度翩翩，不配拥有如此一个女人；时而一想到能占有她，便沾沾自喜。接着我又害怕玛格丽特不过是在逢场作戏，对我不过只有几天的热情。我预感到关系很快就会破裂，结局悲惨。我心想，晚上也许最好不去她家，我把我的担心写信告诉她，然后就远走高飞。随后，我又产生无限的希望和无比的信心。我做着对未来难以置信的美梦。我心想这个姑娘因为我而治愈了肉体和精神上的疾病，我会和她白头偕老，她的爱情比最纯洁无瑕的爱情更让我感到幸福。

总之，我无法向您复述我从心头涌向脑海的千思万绪。但天亮的时候，我睡着了，思绪也在朦胧中逐渐消失了。

我睡醒时已经是下午两点了。风和日丽，我从来没有觉得生活如此美好过。昨夜的情景一幕幕浮现在我的脑海中，而且我满心希望着今晚的见面。我匆匆穿好衣服。心情愉快，能做出任何壮举。我的心因快乐和爱情而不时地怦然乱跳。燃烧的柔情，使我心潮澎湃。我入睡前的千思百虑，现在全不放在心上了。我看到的只有好结果，只想着我该再见到玛格丽特的时刻。

我无法在家里待下去。我感到自己的房间太狭小，容纳不了我的幸福，我要向大自然倾吐衷肠。

我离开家来到安泰街。玛格丽特的双座四轮轿式马车停在她家门口等候。我朝香榭丽舍大街方向走去。凡是我所遇到的行人，即便是我不认识的，我都倍感亲切！

爱情让一切变得多么美好啊！

我在玛尔利石马群像[①]和圆形广场之间漫步了一个小时，我远远看见玛格丽特的车子，我不是认出来的，而是猜测到的。

在转向香榭丽舍大街的拐角的时候，她让车子停下。一个魁梧高大的年轻人离开了正在谈话的人群，迎上去跟她交谈。

他们聊了一会儿，年轻人又回到他那些朋友中间去了，马车继续向前走，我靠近那群人，认出刚才和玛格丽特聊天的人正是德·G伯爵。我以前见过他的肖像，甫丽苔丝告诉过我，玛格丽特今日的地位就是他捧出来的。

昨天晚上，玛格丽特就是吩咐不让他进来。我设想她刚才停下马车，是为了向他解释昨晚不让他进来的原因。希望她同时能找到新的借口，今天晚上也不接待他。

我不知道白天其他的时间是怎么过的。我走啊走、抽烟、聊天，但是，到了晚上十点钟，我一点儿也记不清我遇到过什么人，

① 此雕像原本安置在巴黎附近的玛尔利，为著名雕塑家古斯图的作品，后来移至香榭丽舍大街协和广场的入口。

说了些什么话。

我所能记得清的是：我回到家里，花了三小时的时间打扮，看了许多次我的挂钟和表，不幸的是，它们走得分秒不差。

当十点半的时钟敲响时，我心想该出门赴约啦！

那时我住在普罗旺斯街。我沿着勃朗峰街往前走，穿过林荫大道，经过路易大帝街、马洪港街，最后到了安泰街。我看着玛格丽特的窗户。

屋里面有灯光。我拉响了门铃。

我问门房，戈蒂埃小姐在家吗？

他回答我，她在十一点钟或者十一点一刻之前从来不会回来。

我看了看表。原以为自己走得慢吞吞的，其实从普罗旺斯街走到玛格丽特家，只用了五分钟。

于是，我就在这条没有店铺，此刻已悄无人烟的街道上徘徊。

半小时以后，玛格丽特回来了。她从马车上下来，环顾四周，就像在找什么人一样。

马车缓缓地走了，因为马厩和车库并不在这座房子里面。当玛格丽特正要拉铃的时候，我走上前对她说：

“晚上好，小姐。”

“啊！是您？”她有点惊讶地说，语气似乎透露出惴惴不安。

“您不是已经答应让我今天来拜访您吗？”

“不错，我倒忘记了。”

这句话把我早上的千思百虑和白天的希冀都推翻了。不过，我已经习惯了她这种待人接物的态度，我没有转身一走了之，如果在以前，我肯定会这么做的。

我们进了门。拉尼娜已经提前把门打开。

“甫丽苔丝回来了没有？”玛格丽特问道。

“还没有，夫人。”

“去跟她说一声，让她一回来就到这儿来。先把客厅里的灯熄灭，如果有人来，就说我没在，而且今天也不回家了。”

显然，这个女人在忙于某件事情，大概是厌倦了一个讨厌的人。我简直茫然不知所措，也不知道说什么话才好。玛格丽特向卧室那边走去，我待在原地。

“来吧！”她对我说。

她脱掉帽子和丝绒外套，随手扔在床上，然后跌坐在壁炉旁的一张大扶手椅里。她吩咐这只炉子里的火要一直生到夏初。她边抚弄着表链边对我说：

“喂，有什么新鲜事要告诉我？”

“什么也没有，除了我今晚不该来。”

“为什么？”

“因为您好像不高兴，我一定让您感到厌烦了。”

“我没有厌烦您，只不过因为我不舒服，整天都难受。昨晚我没睡好，头疼得厉害。”

“那么我就告辞了，让您睡个好觉，好不好？”

“哦！您可以留在这里，如果我想睡觉，当着您的面我一样可以睡。”

这会儿有人拉铃。

“还会有谁来呢？”她说道，做出一个不耐烦的动作。

过一会儿，门铃又响了。

“看来没有人去开门，还得我自己去。”

她站了起来，对我说：

“您在这里等着。”

她穿过套房，我听到门开的声音，我聆听着。

她给开门的人在餐厅停住脚步。他一开口，我就听出是德·N伯爵的声音。

“今晚您身体如何？”他关切地问道。

“不好。”玛格丽特生硬地回答说。

“我打搅您了吗？”

“或许吧。”

“您怎么这样对待我！我哪儿把您得罪了，亲爱的玛格丽特？”

“亲爱的朋友，您哪儿都没有得罪我。我不舒服，我需要睡觉，所以，您告辞的话会令我很愉快的。每天晚上我回来五分钟就看到阁下光临，这实在让人头疼。您想怎么样？要我做您的情人吗？那我已经对您说过一百遍了，不行。我非常讨厌您，您另做打算吧！今天我和您讲最后一遍，我不愿意接受您，就这样说定了。再见！哦，拉尼娜回来了，她会为您照亮的，晚安！”

于是，玛格丽特没有再多说一句话，也不听年轻人期期艾艾的唠叨。她转过身回到卧室，又“呼”的一声把门关上，紧接着拉尼娜又立刻从这扇门走了进来。

“你给我听着，”玛格丽特对她说，“以后这个傻瓜要是再来，你就每次都对他说，我不在家，或者说我不想接待他。有些人总是来跟我提出同样的要求，他们为我付钱，就自认为跟我算清账了，不断看到这些人，我实在烦透了。要是那些想要操我们这种卖笑生涯的女人们清楚这是怎么回事，她们会宁愿去做女佣。可是不行啊！想要拥有华贵的衣裙、马车和钻石的虚荣心把我们拖向火坑。我们听信了别人的话，因为卖笑也有它的诺言。因此我们就逐渐地消耗掉我们的心灵，肉体和姿色。我们像野兽似的让人惧怕，像贱民一样被人蔑视，包围着我们的都是一些贪得无厌给的少拿的多的人。有朝一日我们总会在毁灭别人又自我毁灭之后，像狗那样悄无声息地死去。”

“得了，夫人，您平静一下，”拉尼娜说，“您今天晚上神经太兴奋了。”

“我穿这件连衣裙不舒服，”玛格丽特接着说，一边把胸衣的搭扣拉开，“给我一件浴衣。嗳，甫丽苔丝呢？”

“她还没有回来，不过，她一回来，就会有人让她到这边来的。”

“您看，这里又有一位，”玛格丽特接着说，一面脱掉连衣裙，换上一件白色浴衣，“她用得着我的时候就来找我，可是又不肯真心真意地帮我一次忙。她知道我今晚在等待回复，我需要知道这个答复，我等得焦急不安。我敢说她肯定把我的事抛诸脑后，去东颠西跑了。”

“或许她被人留住了。”

“给我们上帕趣酒。”

“这会让您更伤身体的。”拉尼娜劝她。

“那样反倒更好。再给我拿些水果、馅饼来，或者一只鸡翅，随便什么东西，快一点拿来，我饿了。”

不消说这个场面所留给我的印象，您完全可以猜得出，是吗？

“待会儿我们一起去吃夜宵，”她对我说，“在这之前您先拿本书看看，我要去一下梳妆室。”

她点亮几支枝形烛台上的蜡烛，打开床脚旁边的一扇门，走了进去。

至于我，则开始思考这个姑娘的生活，或许是出于怜悯我对她更钟情了。

我一边思索，一边不停地在房间里来回走动，这当儿甫丽苔丝进来了。

“啊，您在这里？”她有点惊讶，“玛格丽特在哪儿？”

“在梳妆室里。”

“那我等她吧。喂，她觉得您很让人着迷，知道吗？”

“六千。”

“您带在身上吗？”

“在。”

“他是不是有些不高兴？”

“没有。”

“可怜的人啊！”

这句“可怜的人！”说出来的口气真是叫人难以形容。玛格丽特接过六张一千法郎的钞票。

“来得正是时候，”她说道，“亲爱的甫丽苔丝，您要用钱吗？”

“您知道，我的孩子，再过两天就十五号了，要是您能借给我三四百法郎，您就帮了我的大忙了！”

“明天上午叫人送去吧，现在去换钱太晚了。”

“可别忘了呀。”

“您放心吧。您和我们一起吃夜宵吗？”

“不了，沙尔在家等着我呢。”

“您一直迷恋着他呢吗？”

“神魂颠倒呢，亲爱的！明天见！再见，奥尔马。”

托维奴瓦太太走了。

玛格丽特打开她的多层抽屉，把钞票往里一塞。

“对不起，我要躺下了！”她微笑着说，一面朝她的床走去。

“我不仅允许，并且请求您这么做。”

她把镶着镂空花边的床罩翻到床脚，躺了下来。

“现在，”她慢慢说，“过来坐在我身边，我们聊一聊。”

甫丽苔丝说得对，她捎来的回复使玛格丽特开心起来。

“今晚我脾气不好，您能原谅我吗？”她握着我的手说。

“无论什么事我都会原谅您的。”

“您真爱我吗？”

“爱得发疯发狂。”

“我的脾气很坏，也不顾吗？”

“一切都不顾。”

“您对我发誓！”

“我发誓！”我柔声地对她说。

这会儿拉尼娜进来了，端过来几只盘子，一只熟鸡，一瓶波尔多葡萄酒，一盘草莓和两副刀叉餐具。

“我没有吩咐给您调帕趣酒，”拉尼娜说，“波尔多更适合您。对吗，先生？”

“当然。”我回答，我听了刚才玛格丽特跟我说的话，正激动不已，目光直愣愣地凝视着她。

“好吧，”她说，“把东西全放在小茶几上，移到床前，我们自己来。你连续熬了三个晚上了，一定很困，你去睡吧。这不需要你做什么了。”

“要把两道锁都锁上吗？”

“当然要的！特别吩咐一下，明天中午以前别让任何人进来。”

第十二章

清晨五点钟，当晨曦透过窗帘照进来的时候，玛格丽特对我说：

“请原谅，我要赶你走了，不过必须这样。因为公爵每天早上都会来，他来的时候，佣人会对他说：我还在睡觉，说不准他会一直等到我醒来。”

我把玛格丽特的脑袋捧在手里，她凌乱的头发垂落下来。我最后吻了她一下，对她说：

“我什么时候能再见到你？”

“听着，”她回答，“你拿壁炉上那把金色的小钥匙，去打开这扇门，然后把钥匙拿回来，你就可以走了。白天你会收到我的一封信和我的嘱咐，因为你知道你应该盲目地顺从我。”

“是的，但如果我先跟您要件东西呢？”

“究竟要什么？”

“请将这把钥匙留给我。”

“您要的这件东西，我从来没给过任何人。”

“那么，就答应给我吧！因为我向你起誓，我爱你的方式跟别人不一样。”

“好吧，你留着吧！可是我有言在先，这把钥匙对你来说是不是有用，完全取决于我。”

“为什么？”

“因为门里还有插销。”

“真可恶！”

“我会让人把插销取下来。”

“这么说你真有点儿爱我啦？”

“我不知道是怎么回事，但我感觉确实如此。现在你赶快走吧。我很困。”

我们紧紧地拥抱了一会儿，然后我就离开了。

街上空空荡荡的没有一个人，这座大城市还在酣睡中，一阵阵沁人心脾的微风轻拂过这片街区，再过几个小时，这儿就要人声鼎沸了。

我总觉得这座沉睡未醒的城市是我的，我在记忆中搜索着曾经羡慕过的交桃花运的人的名字，可我怎么也想不出有哪个比我更有艳福。

得到一个圣洁少女的爱情，第一个吐露爱情的奥秘给她，当然，这是无上的幸福，但是，这也是世上最平常不过的事。赢得一颗还不习惯情人进攻的心，就如同进入没有设防的开放的城市。教育、责任感和家庭都是无比机警的哨兵，不过，警惕性再高的哨兵，都无法防住一个二八少女的欺骗。造化通过她心爱的男人的声音，对她提出初恋的主意时，这些主意越是纯洁无邪，它们就越来势汹汹。

少女越相信人的善良，就越容易失身，若不是失身于情人，至少会沉湎于爱情。因为她毫不怀疑就如同失去了力量。得到这样一个少女的爱情，虽然是一种胜利，但这种胜利是任何二十五岁的男子都唾手可得的。这是千真万确的，因此，你看这些少女周围都草木皆兵，戒备森严！修道院的围墙还不够高，母亲们的锁还不够严，宗教所规定的职责还不够持久，都不足以把这些让人着迷的小鸟们关在笼子里。人们甚至不用费劲地用鲜花去诱惑关在笼中的小鸟。因此，这些姑娘该多么向往别人遮盖住的那个世界啊！她们该多么相信这个世界的美好啊！当她们隔着铁栅栏，第一次听到有人告诉她们爱情的奥秘时，该是多屏息凝神啊！对于第一次揭开神秘纱幕一角的那只手，她们该怎样赐给它祝福啊！

但是想要真正得到一位交际花的爱情，那是困难得多的幸福。她们的肉欲把灵魂腐蚀了，感官享受把心灵灼伤了，放纵的生活排除了多愁善感。别人对她们说的话，她们早就听腻了；别人使用的手段，她们非常熟悉；她令别人生出的爱情本身，已经被她们出卖了。她们的爱只是出于职业所需，却不是因为冲动。她们出于算计而防范周密，远远超过一个处女被她的母亲和修道院看守之严。所以，她们把那些不在交易范围内的爱情叫作逢场作戏，她们不时过过瘾，或者当作休憩、当作借口，或者当作安慰。她们活像那些高利贷者，成百上千的人被他们剥削，有一天他借了二十法郎给一个快要饿死的穷鬼却不要他付利息，也没有要他写借据，就自以为前愆赎清了。

另外，当上帝允许一个妓女萌生爱情的时候，这种爱情起初仿佛是一种宽恕，可后来几乎就变成了对她的一种惩罚。没有忏悔就谈不上宽恕。一个女人深深谴责自己的过去时，突然感觉自己产生了一种真诚的、深沉的、不能遏止的爱情。她一直觉得自己不可能拥有爱情，当她把它坦露出来的时候，她的心上人就会左右她！他自认为很了不起，拥有权利残酷地对她说："您为爱情所做的如同您为了金钱所做的一样。"

这时候，她们真不知道如何来表明自己的心迹。有一则寓言说道，一个孩子想让农夫被打搅，在地里长时间叫道："救命啊！"这么来闹着玩。有一天熊真的把他吞掉了，而那些经常受他骗的农夫这次却不相信他真正的呼救声。这就和那些可怜的妓女认真恋爱的时候一样。她们的说谎次数太多了，以至于别人不再相信她们了，因此她悔恨莫及，销蚀在爱情之中。

因此，会产生一种忠贞不贰、认真从良的妓女，这种情况已有先例。

只要引起这种赎罪的爱情的男子有一颗宽宏的心，愿意接受她，而不去追究她的往昔，只要他投身于爱情之中。总之，只要他像她爱他一样付出同样的爱，这个人顿时就享尽人间所有的激情了。经历了这次爱情之后，他的心扉再也不会为别人打开了。

这些想法并不是在我回家的那天早上，萦绕在我脑海里的。它们大概只是我对后来遭遇的一些预感而已，虽然我爱上了玛格丽特，却没有看出相似的后果。今天我才做出这样的思考。一切都已经无法挽回地结束了，这些思考自然而然源自发生过的事。

现在还是言归正传回到我们这次交往的第一天来吧！当我回到家之后，真是欣喜若狂。想到我原来设想的竖在玛格丽特和我之间的屏障已经消除，想到我已经得到她，想到我占有她脑海里的一定地位，想到她家的钥匙在我的口袋里，我感到非常心满意足，踌躇满志，我热爱把这一切赐给我的上帝。

一天，一个年轻人走过一条街，一个女人和他擦肩而过，他看了看她，然后转身走了。他不认识这个女人。她有自己的喜怒哀乐，跟他毫不相关。于她而言，他不存在。如果他和她搭讪，她大概会像玛格丽特嘲弄我一样地嘲笑他。几个星期，几个月，甚至几年就这样一晃而过。突然，在他们按不同的生命轨迹向前走的时候，机缘巧合，他们相遇了。这两个年轻人从此就相爱了，难分难舍，这是怎么回事？又是为什么？一旦他们的生活合而为一，这种感情就仿佛一直存在，全部往事都从两个情人的记忆中消失了。我们承认这是不可思议的。

至于我呢，我再也记不清今晚之前我是怎么生活的。一想起今晚我俩的谈话，我全身都热血沸腾。要么是玛格丽特善于骗人，要么就是她对我有一种突如其来的激情，这种激情在第一次接吻时就显示出来了。虽然如此，有时候它又会像它产生时那样迅速消失。

我越思考越觉得玛格丽特没有理由来假装爱我。我还想，女人有两种恋爱的方式，这两种方式可以互为因果：要么用心灵去爱，要么用感官去爱。一个女人挑上一个情人，通常是听从感官的欲望，而且她出乎意料地知道了超越肉欲爱情的奥妙，便只凭爱情来生活。一个女人通常只在婚姻中寻找双方纯洁爱情的结合，后来才受到肉欲爱情的突然袭击，也就是精神上最圣洁的感受最有力的结果。

我在思考中睡着了。玛格丽特的来信唤醒了我，信里这样写着：

这是我的吩咐：今晚在沃德维尔剧院见面。请在第三次幕间休息时来找我。

默·戈

我把这封短笺放到抽屉里锁了起来。我有时很多疑，一旦发生意外，我手里能有真凭实据。

她没有叫我白天去看她，我也不敢贸然去她家里。但是我非常想在傍晚之前就见到她，于是我来到香榭丽舍大街。和昨天一样，我在那儿看到她经过，并在那里下了马车。

七点钟，我就到了沃德维尔剧院，我从未这么早去过剧院。

全部包厢都陆续地坐满了人，只有一个包厢是空着的：底层舞台旁的包厢。

第三幕开始的时候，我听见那个包厢里开门的声音，我的目光几乎不曾离开地盯着那个包厢。玛格丽特出现了。

她随即走到包厢前，在正厅前座搜寻着，看到我之后，用目光向我表示谢意。

这天晚上她美若天仙！

她是为了我才这样盛装打扮的吗？难道她已经爱我到了这地步，认为她越让我觉得漂亮，我就更加幸福吗？这一点我还不清楚。但是，如果她确实这样想的话，那么，她成功了。因为她刚一出现，观众的脑袋便起伏不定，纷纷转向她，连舞台上的演员也望向她，因为她一露面便让观众们倾倒。

而我身上却揣着这个姑娘家里的钥匙，再有三四个小时，她又属于我了。

人们谴责那些为了女伶和妓女而倾家荡产的人，令我奇怪的是，他们为什么没有为这些女人做出荒唐得多的举动呢。必须要和我一样投入到这种生活中，才能了解到，她们每天允许情人有小小的虚荣心，这种虚荣心强有力地联结着情人心中对她们的爱情——因为我找不到其他字眼。

随即甫丽苔丝也在包厢坐下，另外有一个男人坐在包厢的后面，我认出是德·G伯爵。

一看到他，我感到一阵冰凉掠过我的心房。

不消说，玛格丽特一定发觉了这个男人的出现影响了我的心情，因此她又对我笑了笑，然后背对着伯爵，仿佛在专心致志看戏一般。到了第三次幕间休息时，她转回身去，和伯爵说了两句话。伯爵起身出了包厢，于是玛格丽特向我做手势，示意我过去看她。

“晚上好。”我进去时她和我说，并且向我伸出了手。

“晚上好。”我对玛格丽特和甫丽苔丝说。

“请坐。”

“我会占了别人的座位的，德·G伯爵不回来了吗？”

“要回来，我打发他买糖果去了。好让我们可以单独聊一会儿。托维奴瓦太太是可靠的。”

“是的，我的孩子们，”托维奴瓦太太笑着说，“放心好了，我一定会守口如瓶的。”

“今晚您怎么啦？”玛格丽特说，她站起身，走到包厢的暗处抱起并吻了我的额角。

“我有点不舒服。”

“您应该去睡觉。”她说，她那嘲讽的神色和她那聪明乖巧的脑袋极为相配。

“到哪儿睡？”

“睡您自己家啊！”

“您很明白我在家里是无法入睡的。”

“那么您就不该为有个男人在我的包厢里，就给我脸色。”

“不是为了这个原因。”

“恰恰相反，我一眼就看出来了，而您做错了。因此，我们撇开这些吧。

散场后您到甫丽苔丝家里去，待到我叫您为止。听明白了吗？”

“明白了。”

我能不服从吗？

“您始终爱我吗？”她轻声问。

“这难道还用问吗！”

“您想我了吗？”

“整天都想。”

“我担心确实爱上您了，您不知道吗？还是去问甫丽苔丝吧。”

“啊！”胖女人回答，“真是烦死人了。”

“那好，乖乖回到自己的座位上去吧。伯爵一会儿就回来了，不需要让他在这儿和您相遇。”

“为什么？”

“因为您看见他心里不高兴。”“不会。不过，要是您早点和我说今晚要到沃德维尔剧院来，我也会和他一样，把这个包厢的票送过去的。”

“可惜的是，我并未向他要票，他就给我送来了，还提出要陪我来。您明白，我无法拒绝。所以，我能够做的就是写信告诉您我要去哪儿，让您可以见到我。因为我自己也很乐意早点再看到您。既然您是这么来感谢我的，我就记住这次的教训了。”

“您原谅我吧，我错了。”

“那就好，乖乖地回到您的座位上去，尤其是不要吃醋了。”

她再次拥吻了我，我走了出去。

在走廊里，我遇到了回来的伯爵。我回到了自己的座位上。

其实，德·G伯爵出现在玛格丽特的包厢里，是一件最普通不过的事。他曾经是她的情人，给她送来一张包厢票，陪她去看戏，这一切都是非常自然的事。既然我愿意玛格丽特这样的姑娘做我的情妇，我就必须容忍她的习惯。

在当晚剩下的时间里，我依然觉得很不好受。在看到甫丽苔丝、伯爵和玛格丽特登上等候在剧院门口的敞篷四轮马车后，我也闷闷不乐地离开了。

但是，一刻钟之后，我便来到甫丽苔丝家里。她也刚好回来。

第十三章

“您来得几乎和我们一样快。”甫丽苔丝对我说。

“是的，”我不假思索地回答，“玛格丽特在哪里？”

“在家里。”

“独自一个人吗？”

“跟德·G伯爵在一起。”

我在客厅里来回走动着。

“喂，您怎么了？”

“您觉得我在这里等着德·G伯爵从玛格丽特家里出来很有趣吗？”

“您未免太不讲情理了。您要知道玛格丽特根本不能撵伯爵出去。德·G先生跟她来往已经很久了，他一直给她许多钱，并且眼下还在给她钱。玛格丽特每年花费在十万法郎以上，她欠了许多债。只要她开口，公爵总能立刻给她送钱来，但是她不敢总是要公爵负担全部开销。伯爵每年给她至少一万法郎，她不应该和他闹翻。玛格丽特深爱着您，亲爱的朋友。但是您和她的关系，从你们俩的利益角度出发，不应该看得那么认真。您那七八千法郎的生活费，完全不够这女人挥霍的，连维持她的车马费都不够。还是让玛格丽特保持原样，您把她看作一个聪明美丽的好姑娘，做她一两个月的情人，给她送鲜花、糖果和包厢票等等。其他的事您就少操心啦，别再跟她争吵，不要可笑地争风吃醋。您很清楚是在和谁打交道，玛格丽特不是什么贞洁少女。她很喜欢您，您也非常爱她，其他的事就不用您担心了。我觉得您这样敏感易怒是很可爱的！您的情妇是全巴黎最最讨人喜欢的女人！她在富丽堂皇的公寓里接待您。她浑身珠光宝气，只要您愿意，她并不花您一个铜子儿，而您还不高兴呢。真见鬼！您要求也太苛刻了。”

“您说得对，可是我身不由己，一想到这个人是她的情夫，我心里就别扭得要命。”

“首先，”甫丽苔丝继续说，“他现在还是她的情人吗？这个人她还用得着，仅此而已。

“两天以来，她一直把他拒之门外。今天早上他过来，她没有其他办法，只能接受他的包厢票，让他陪着去看戏。然后又送她回家，上楼到她家里坐了一会儿，他不会多留在那儿的，因为您在这儿等着。依我看，这一切都合情合理。再说，您不是也接受了公爵的存在吗？”

“是的，但是公爵是个老头儿，我肯定玛格丽特不是他的情妇。何况，一般人也只能容忍一种这样的关系，却不能容忍两种。这种行为简直就像一种算计，同意这么做的男人，就算是为了爱情，也更近乎那些更低级的，用这种默许的方法来谋生得利的人。”“啊！亲爱的，您可真老土！我见过多少人，而且很多都是最高贵、最富有、最潇洒的人，他们都在做我劝您做的事。况且这么做不费什么力气，用不着内疚和羞耻！这种事是司空见惯的。在巴黎，受人供养的女人如果不是同时拥有三四个情人的话，您让她们怎么维持豪华的排场呢？不管是谁有多少巨额的家产都无法独自承担像玛格丽特那样一个姑娘 的花费。五十万法郎的年收入，在法国就算得上是一个大财主了。 喂，亲爱的朋友，有五十万年收入都应付不了的，这是因为：一个有 这样一笔进账的男人，总有一座设备齐全的住宅、一些马匹、仆人、 马车，还要打猎，应酬朋友。他往往结了婚，有了几个孩子，要赛 马、赌钱、旅行，谁知道他还要做些什么！所有这些生活习惯已经根 深蒂固，一旦改变，别人就会以为他破产了呢，流言蜚语就不胫而 走。屈指算下来，即使有五十万法郎年收入，他一年里面花在一个女人身上的钱不会超过四五万法郎，而且这已经够多了。那么，这个女人就需要别的情人来弥补她每年的开支。玛格丽特还更自在些，像上天显灵似的，她遇上一个腰缠万贯的老头，他的妻子和女儿又都已经去世了，只剩下侄子和外甥，他们也很有钱。他对玛格丽特有求必应，还不用任何回报，但是她每年最多也只能向他要七万法郎，而且我敢肯定如果她向他要更多，尽管他有巨额财富，又对她十分痴迷，他也还是会拒绝她的。

“在巴黎，凡是有两三万法郎收入的年轻人，也就是说，那些只能勉强生活在他们所留恋的上层社会里的人。如果他们做了像玛格丽特这样的女人的情夫，他们很明白，他们所出的钱连付她的房租和佣人的工资都不够。他们不会对她说他们了解这种情况，他们假装视而不见，当他们玩够了之后，就一走了之。如果他们爱慕虚荣，想负担所有开支，他们就会像个傻瓜似的倾家荡产，还会在巴黎欠下十万法郎的债务，最后逃去非洲送命。您认为那些女人会感激他们吗？丝毫不会，相反，她们会说她们为他们牺牲了自己的身份，还说在他们相好时，她反而倒贴了许多钱。啊！您觉得这些婆婆妈妈的说法很可耻，对吗？这些都确有其事。您是一个迷人的青年，我真心真意喜欢您。我在这些受人供养的女人中间生活了二十年，我知道她们是些怎样的人，身价如何，我不想看到您把一个漂亮姑娘的逢场作戏当成真。

“再说，除此之外，”甫丽苔丝继续说，“假如公爵发现了你们之间的私情，要她在您和他之间做出选择。玛格丽特会因为十分爱您而放弃伯爵和公爵，那么她就为您做出了巨大的牺牲，这是毋庸置疑的。而您呢，当您感到厌烦了，终于不再需要她的时候，您能为她做同样的牺牲吗？您怎么来赔偿她为您蒙受的损失呢？什么都没有。您大概会把她和她那个圈子孤立起来，那个圈子有她的财产和前途。她可能把她的青春年华全给了您，而您却把她遗忘得一干二净。如果您是一个粗俗的男人，那您就会撕开她过去的伤疤，当面侮辱她，您对她说您只不过和她其他情人一样离开了她，撒手不管而让她陷入悲惨的绝境。要是您是一位君子，觉得不得不把她留在身边，那您就会陷入不幸的境地；因为这种关系对一个青年来说是可以原谅的，而对于一个成年人来说就完全不同了。这种客观存在成为您一切事业的障碍，它不容于家庭，也使您丧失了雄心壮志，这些可谓男人的第二份，也是最终的爱情。因此，相信我的话，我的朋友，你要按事物的本来价值来衡量它们，是怎样的女人就把她当怎样的女人来对待。无论如何，也不要让自己欠一个受人供养的女人的情分。”

这番话既精当，又富有逻辑，这让我出乎意料。我没料到甫丽苔丝有这般水平。我无言以对，只是觉得她言之有理。我伸手握住她的手，感谢她的忠告。

“得啦，得啦，”她笑笑，“丢开这些蹩脚的大道理吧，要对生活付之一笑。生活是美好的，亲爱的，要看你透过什么玻璃去观察人生了。嗨，去问问您的朋友嘉斯多吧，他对爱情的理解就同我如出一辙。您应该相信的是，隔壁有一个漂亮的姑娘，正急不可耐地在等家里的客人离开，她在惦记您，要和您度过良宵，她爱您，这点我深信不疑；如果您不信这些，您简直成了一个平庸乏味的小伙子。现在，您和我一起站到窗口，我们看着伯爵离开，他会很快就走的。”

甫丽苔丝打开一扇窗子，我们并排倚靠在阳台上。她望着路上寥若晨星的行人，我则陷入了遐想。

听了她刚才对我说的一番话，我的脑子里嗡嗡直响。我必须承认，她说得非常有道理。但是，我对玛格丽特的真挚爱情很难适应这番道理。所以我不时地长吁短叹，使得甫丽苔丝转过身来看我，如同一个对病人束手无策的医生一般耸耸肩膀。

“由于感觉倏忽即逝，”我心里思忖，“人们发现生命多么短暂啊！我认识玛格丽特才不过两天，她昨天才成为我的情妇，但她已经深深地铭刻在我的脑海、我的心和我的生命里，因此这位德·G伯爵的拜访对我简直是一种不幸。”

伯爵终于出来了，登上自己的马车，片刻便不见了踪影。甫丽苔丝关上窗子。

与此同时玛格丽特在叫我们了。

“过来吧，餐具已经摆好了，”她叫道，“我们马上要吃夜宵了。”

我走进玛格丽特家里的时候，她向我奔过来，搂着我的脖子，使劲地吻我。

“我们还快快不乐吗？”她问我。

“不，都过去了，”甫丽苔丝说，“我跟他讲了一番道理，他答应要听话了。”

“那太好了！”

我的目光不由自主地向床望去，床不是凌乱不堪的。而玛格丽特，她已换上白色浴衣。

大家在餐桌边入座。

妩媚、温柔、热情，玛格丽特兼而有之。我不能不时时提醒自己，我没有权利再苛求她什么了。任何人处在我的位置上都会感到无限的幸福，我就像维吉尔笔下的牧童一样，享受一位天神，或者不如说一位女神赐给我的快乐。

我竭力按照甫丽苔丝的大道理去做，并且像我的两个女伴那样兴高采烈。然而在她们身上自然而然的东西，在我身上却要努力去做才行。我那神经质的笑几乎和哭一样，她们却以信以为真。

终于吃完了夜宵，只剩下我们两个人。她像平常的习惯一样走去坐在炉火前的地毯上，望着炉火若有所思。

她在凝想！想什么呢？我不得而知。而我，我含情脉脉、几乎还带着恐惧地凝视着她，因为我想到自己准备为她忍受的痛苦。

“你知道我在想什么吗？”

“不知道。”

“我在想对策，我已经想出来了。”

“什么对策？”

“眼下我还不能告诉你，但是我可以告诉你这件事情有什么结果。那就是再过一个月我就自由了，我什么也不要，我们可以一起去乡下避暑。”

“您就不能告诉我您想的是什么招儿吗？”

“不能，只要你能像我爱你那样爱我，一切便大功告成了。”

“那么是您单独行动吗？”

“让我独自承受这份烦恼，”玛格丽特微笑着对我说，这种微笑我永远也不会忘记，“但是我们有福同享。”

听到“有福同享”几个字，我的脸不由得红了，我想起了芒努·莱斯科同德·格里厄两人一起，吞没了德·B先生的钱财[1]。

我站起来，用稍带生硬的语气回答说：

“亲爱的玛格丽特，请您允许我也想一些办法并参与其中，然后再有福同享。”

“这是什么意思？”

“意思是说，我很怀疑，德·G伯爵先生在这个巧妙的办法里是您的合伙人。这个办法我既不承担责任，也不愿意接受它的好处。”

“您真是个孩子。我还以为您爱我，看来我搞错了，这很好。”

说到这里，她站起身来，打开钢琴开始弹奏《邀舞曲》，一直弹到她老是弹不下去的那段升半调为止。

不知道她是出于习惯呢，还是故意要让我回想起我们相识的那天，我所知道的，就是这段旋律让往事浮现在我的眼前。于是，我走近她，双手捧住她的脸颊吻她。

“您可以原谅我吗？”我满心歉疚。

“您很清楚的，”她回答我，“请注意我们才来往两天，而我已经有好几件事要原谅您了。您说过要盲目顺从，但是总是无法兑现。”

“那你让我有什么办法呢，玛格丽特，我太爱您了，我对您任何细微的想法都要猜疑。您刚才向我提到的事让我欣喜若狂，可实施计划之前这么神秘兮兮的，又使我的心都揪紧了。”

“喂，理智一点，”她说，同时握紧我的双手，带着一种使我无法抗拒的迷人微笑，凝视着我，“您爱我，对吗？如果您同我两个人在乡下度过三四个月，您会感到很幸福的，我也一样，能够过几天清静生活，我会觉得很幸福。我不但会觉得幸福，而且这种生活对我的身体也有好处，我需要这份清静。要离开巴黎这么长时间，我总得把我的事情料理一下。像我这样的女人，杂事总是很多。好吧，我会找

① 指《芒努·莱斯科》中芒努瞒着自己的情人与B先生交往，诈骗B先生的钱财供养她的情人的情节。

到办法安排好一切的，协调好我的事和我们的爱情。是的，对您的爱情，您别笑，我真是爱您爱到发疯了！而您现在却很神气，您只要记着我爱您，别的什么也不要管。您同意吗，嗯？”

“只要是您想做的事，我都同意，这一点您很清楚的。”

“那么，一个月之内，我们就可以去某个村庄，在河边散步，喝鲜奶。我，玛格丽特·戈迪尔说这样的话，您可能会觉得很奇怪吧，我的朋友，巴黎的这种生活，看上去使我非常幸福，却燃烧不起我的热情，反而使我觉得厌烦。于是我突然很渴望过平静的日子，这种日子会让我回忆起我的童年。不管是谁，总有自己的一个童年时代，不管他后来会变成什么样。哦，放心吧！我不会和您说，我是一个退役上校的女儿，或者说我是在圣德尼[①]培养长大的。我是一个穷苦的农村姑娘，六年前我连自己的名字都不会写，您放心了吧。那么为什么我有生以来第一次说出要和人分享我的激情和快乐，而您是第一个听到的人呢？毫无疑问，因为我看得出来您是因为我，而不是因为您自己才爱我的。而其他人，从来都是为了他们自己才爱我。

“我以前经常去乡下，但从来没有像这样一心一意地想去。对这得来不费工夫的幸福，就全指望您了。因此，不要跟我闹别扭了，给我这种幸福吧。您要这样想：她活不了多长了，她要求我做一件轻而易举的事我都不答应她，我有朝一日会后悔莫及的。”

对这样恳切的话我还有什么好说的呢？尤其是当我还回味着第一夜的恩爱，盼望着第二夜的来临。

一小时以后，我把玛格丽特搂在怀里。那时即便她要我去犯罪，我也唯命是从。

早晨六点钟我就离开了，在离开之前我对她说：

“今晚可以再见面吗？”

她热烈地拥吻我，可是一声不吭。

白天，我收到一封信，信上写着：

亲爱的孩子：我有点儿不舒服，医生吩咐我要多休

① 位于巴黎北部的一个小城，荣誉勋位团的女子学校建在那里。

息。今晚我也要早些睡，就不和您见面了。但是，为了补偿您，明天中午我等您。我爱您。

我说的第一句话是：“她在骗我！”

我的额头上沁出一阵冷汗，因为我已经深深爱上这个女人，所以这个疑团让我心烦意乱。

但是，我应该料想到，跟玛格丽特在一起，这种事几乎天天都会遇到。这种情况我以前和别的情人之间也常常出现，我并没有把它放在心上。这个女人为什么会对我的生活产生如此大的支配力呢？

于是，我想如同往常一样去看望她，因为我有她家的钥匙。这样我很快就能知道真相，如果我遇上一个男人的话，我就掴他两耳光。

我暂且先去香榭丽舍大街，在那徘徊了四个小时。她没有出现。晚上，只要她常去的剧院我都去看了，哪一家剧院都没有她的影子。

十一点钟，我去了安泰街。

玛格丽特家的窗子没有灯光，我仍旧拉了门铃。

门房问我找谁。

“找戈迪尔小姐。”我说道。

“她还没有回来。”

“那我上楼去等她。”

“她家里没有人。”

很显然，这是一道禁令，但我可以硬闯，因为我有钥匙。不过我担心这样做会可笑地大闹一通，于是我走开了。

可是，我没有回家，我不能离开这儿，我一直监视着玛格丽特的家。我觉得还得打听一些情况，或者至少要证实我的猜疑。

快到午夜，一辆我非常熟悉的双座四轮轿式马车在九号附近停了下来。

德·G伯爵下了车，打发马车走后，走了进去。

那一刻，我希望门房像告诉我一样告诉他玛格丽特不在家，希望看见他随即出来。然而我一直等到凌晨四点钟。

三个星期以来，我寝食难安，但是，和那一夜所受的煎熬比起来，简直微不足道。

第十四章

回家之后，我像个孩子一样悲伤地哭泣起来。凡是受过哪怕一次这种欺骗的男人就不会不知道我有多痛苦难言。

在激愤中我下定决心，必须立刻斩断这段爱情。我急不可耐地等待明天去预订车票，回到我父亲和妹妹身边去，他们对我的爱是毫无疑问的，也绝不会欺骗我。

但是我不愿就这样一走了之，而不让玛格丽特弄清楚我为什么走。作为一个男人，只有跟他的情人恩断义绝以后，才会不辞而别。

我在脑海里翻来覆去的思考如何写一封信。

我打交道的这位姑娘和一切妓女一样，以前我太美化她了，而她则把我当小学生来看待。为了欺骗我，她要了一个拙劣的诡计来侮辱我，这是一目了然的。于是，我的自尊心占了上风，必须离开这个女人，还不能让她知道这次决裂使我肝肠寸断而自得其乐。我眼里噙着因恼怒和痛苦涌出的泪水，用最挺秀的字体写了下面这封信给她：

亲爱的玛格丽特：

但愿昨天的微恙对您的身体没有大碍。昨晚十一点钟，我去您家打听您的消息，门房说您还没有回家。德·G先生比我幸运，因为在我之后不久他就去看您，直到凌晨四点钟他还待在您家里。

请原谅我使您度过一些煎熬的时间，不过请您确信，我没齿难忘您赐给我的那些良宵。

今天我本来准备去打听您的消息，但是我要回到我父亲身边了。

再见吧，亲爱的玛格丽特。我还不够富有，可以随心所欲地爱您，却又不够贫穷，像您所希望的那样疼爱您。因此，让我们忘却吧，您忘掉一个对您来说无足轻重的名字，而我忘掉一种无法实现的幸福。

我把您的钥匙奉还给您，我从没有用过它。要是您经常像昨天那样不舒服的话，这把钥匙会对您有用的。

您看到了，如果不肆无忌惮地嘲讽一下，我是没有办法结束这封信的，这就证明我心里还是多么一往情深呀。

我把这封信反复看了十遍，一想到这封信会让玛格丽特难受，我心里才稍微平静了一些。我竭力使自己保持着勇气，摆出信里假装出来的感情。八点钟，当我的仆人走进我的房间时，我把信交给他，要他立刻送去。

“要等回信吗？”约瑟夫问道。我的仆人和所有的仆人一样，都叫约瑟夫。

“如果她问你是否要回信，你就说什么也不知道，但是你还是要等等看。”

我还是抓着她能给我回信的希望不放。

我们这些人是多么可怜，多么软弱啊！

在我的仆人出去送信的那段时间里，我的心情激动得无以复加。时而我想起了玛格丽特怎样委身于我，我自问有什么权利写这样一封肆无忌惮的信给她。她可以回答我说不是德·G先生欺骗了我，而是我欺骗了德·G先生；许多有好几个情人的女人，都是这么辩解的。时而我又想起了这个姑娘的信誓旦旦，我就说服自己，我的信写得还是太温和，里面的措辞还不够严厉，还不足以让一个玩弄我如此真挚的爱情的女人感到沮丧。随后，我又想最好还是不给她写信，而是白天去她家里好。这样，我就会因看到她热泪潸潸而幸灾乐祸。

最终，我思量她会怎么回复我，我已经准备接受她即将对我表示的歉意了。

我的仆人回来了。

“怎么样？”我着急地问他。

“先生，”他平静地回答说，“夫人还在睡觉，还没有醒过来，不过，只要她打铃叫人，就可以把信送给她。如果有回信，他们会送过来的。”

她还在睡觉吗？

有多少次我简直要派人去取回这封信，但是我总是这么想：“说不准信已经在她手上了，如果让人去把信取回来的话，会显得我在后悔做了错事。”

她可能给我回信的时刻越是接近，我越是后悔写了这封信。

十点钟、十一点钟、十二点钟的钟声都敲过了。

十二点钟的时候，我正要去赴约，仿佛什么事也没有发生过一样。总之，我只知道想办法摆脱这个紧箍着我的铁圈。

这时候，我像翘首期盼的人那样有种迷信，觉得只要我出去一会儿，回来时就会看到回信。因为人们望眼欲穿的回信总是在收信人不在家时送到的。

我借口吃午饭，出去了。

我平常习惯在街角的富瓦咖啡馆吃午饭，可今天我没有去，而是宁愿走过安泰街，到王宫大街一带吃饭。每当我远远地望见一个妇女，就以为是拉尼娜给我送回信来了。我经过安泰街，却没有碰到一个跑腿的人。我到了王宫附近，走进了韦里餐馆。伙计服侍我吃饭，或者说随他给我上菜，因为我并没有吃。

我的眼睛不由自主地总是盯着着墙上的挂钟。

我往家走，深信能收到玛格丽特的回信。

门房什么都没有收到。我还希望信已经在我的仆人手里了，但他说我出门后，没有谁来过。

要是玛格丽特想给我回信的话，她早就已经写好了。于是，我开始对那封信里的措辞感到后悔了，我本该完全保持沉默，这样她可能会因为感到不安而有所行动，因为她昨天没有看到我去赴约，就会问我失约的原因，只有在这时我才能告诉她原因。这样一来，她除了自我辩解以外，没有别的事可做。而我所要的也就是她的辩解。我已经觉得，不管她怎样辩解，我都一概相信，只要能再见到她，我什么都愿意。我竟然还以为她会亲自登门拜访，但是时间一小时一小时地过去了，她却并没有来。

玛格丽特的确与其他的女人不一样，因为很少女人在收到我那样的信之后会无动于衷。

五点钟，我向香榭丽舍大街飞奔去。

“如果我遇到她的话，”我心里想，“我便装出一副无所谓的样子，那样她就会相信我已经不再想她了。”

在王宫街的拐角上，我看见她乘坐着马车经过。这次相遇是那么突如其来，我的脸都禁不住发白了。我不知道她是不是看得出我心里的激动。我呢，张皇失措，只看见了她的车子一掠而过。

我不再继续在香榭丽舍大街散步了，我去浏览剧院的海报，因为那样我还有机会看到她。

在王宫剧院有一次首场演出。不用说玛格丽特是必去无疑的。

七点钟，我来到了剧院。所有的包厢都坐满了人，但是玛格丽特并没有露面。

于是，我离开王宫剧院。凡是她经常去的剧院，我都跑遍了，哪儿都没有她的踪影。

要么是我的信使她过于难过，连看戏都顾不上了，要么她害怕跟我见面，免得作一番解释。

这些都是我在大街上出于虚荣心而做的猜想。这时，我碰见了嘉斯多，他问我从哪里来。

“王宫剧院。”

“我从歌剧院来，”他对我说，“我还以为能在那儿碰到您呢！”

“为什么？”

“因为玛格丽特在那儿。”

“啊！她在那里吗？”

“是的。”

“单独一个人吗？”

“不是，和她的女友在一起。”

“没有别人吗？”

“德·G伯爵在她的包厢待了一会儿，但她是跟公爵一起走的。我一直以为您也会去的。我旁边的座位今晚始终空着，我还以为这个座位是您定下的呢！”

“但是为什么玛格丽特所到之处，我也得在呢？”

“因为您是她的情人，对吗？”

“谁对您说的？”

“甫丽苔丝啊，我昨天遇到她了。我祝贺您，亲爱的。这可是一个谁都想要得到的漂亮情妇哇！管住她别让她跑了，她会使您很光彩的。”

嘉斯多这个简单的想法，说明我的动辄易怒有多么可笑。

如果我昨天就遇到他，他又跟我说了这些话，我一定不会写早上那封愚蠢的信。

我简直想到甫丽苔丝家里去，要她告诉玛格丽特我有话要对她说。可是我又怕她为了报复而拒绝见我。所以我经过安泰街回了家。

我再问门房是否有我的信。还是没有！

“她说不定想看看我还会要什么新花样，看看我是不是要收回今天的信。”我在床上想着，“但是她看到我没有再给她写信，明天她就会给我写信的。”尤其是那天晚上，我对自己的所作所为追悔莫及。我一个人待在家里，夜不能寐，烦躁不安。想当初如果让事情顺其自然的话，此刻，我也许还依偎在玛格丽特身边，听着她缠绵的情话。这些话至今我只听过两次，每当我寂寞之中想起这些话时，我的耳朵都会发热。

就我的处境而言最可怕的是，理智判断是我错了。事实上，一切事实都证明玛格丽特深爱着我。首先，她准备和我两个人单独去乡下避暑。其次，没有什么原因迫使她做我的情妇，因为我的财产是应付不了她的日常开销的，甚至没有办法满足她一时的喜好。因此，她只希望在我身上找到真挚的爱情。她的生活充满了交易的爱情，这种真挚的爱情能使她得到休憩。可我却在第二天就摧毁了这种希望，她两夜的良宵换来的是我刻毒的嘲笑。因此，我的所作所为不但很可笑，而且很粗暴。我又没给这个女人付过一个铜子儿，哪来的权利责备她的生活呢？我第二天就溜之大吉，难道这不是一个情场上吃白食的寄生虫，生怕别人拿账单向他要钱么？怎么啦！我认识玛格丽特才三十六小时，做她的情人才二十四小时，我就在和她闹别扭。她能分身来爱我，我不但不觉得知足，反而想独占一切，强迫她一下子就与过去斩断联系，而这些联系是她以后的生活来源。我凭什么能够责备她呢？毫无凭据。她本可以和那些泼辣粗俗的女人一样，直截了当地告诉我，她要接待一个情人，可她却给我写信，说是不舒服。我没有相信她信里说的，我没有到除了安泰街之外的巴黎所有的街道去溜达，我没有和朋友们一起把这个晚上消磨掉，等到第二天在她指定的时间露面，却扮演奥赛罗[①]的角色，我窥视她的行动，自以为不再去看她是对她的惩罚。但事实上正好相反，她或许会为这种分手感到高兴，她一定觉得我是个大笨蛋。她的沉默甚至说不上是怨恨，而是对我的蔑视。

那么，我是否该给玛格丽特送一件礼物，让她别怀疑我的慷慨大度，而且我把她看作一个受人供养的姑娘，这样我就可以自以为跟她结清账了。但是，我不愿我们的爱情沾上一点点交易的痕迹，我认为这是对我们的爱情的亵渎，就算不是她对我的爱情，至少也是我对她的爱情。况且既然这爱情那么纯洁，容不得其他人染指。不管礼物多么珍贵，也不能用它来偿付它赐予我们的幸福，无论这幸福是何等转瞬即逝。

这就是夜里我翻来覆去所想的，也是我随时准备去说给玛格丽特的话。

正如您所理解的，我必须采取果断的决定，要么跟这个女人一刀两断，要么不必再疑神疑鬼，只要她依旧愿意接待我的话。

但是你知道，人在做出果断的决定以前总是要迟疑不决的。因此，我在家里待不下去，又不敢到玛格丽特那儿去，我就想办法去接近她，一旦成功的话，就推说纯粹是出于偶然，这样就能保住我的自尊心了。

到了九点钟，我匆忙赶到甫丽苔丝家里，她问我一清早来找她有什么事。

---

① 莎士比亚同名悲剧中的男主角，因受人离间杀死了自己清白的妻子，常用于指代嫉妒、多疑、残暴的丈夫。

我不敢直率地告诉她我的来意。我只是回答她说一大早出门是为了预订去C城的公共马车座位，我的父亲住在那里。

“能在这么风和日丽的好天气离开巴黎，”她跟我寒暄，“您真有福气。”

我看着甫丽苔丝，琢磨着她是不是在嘲讽我。但是她脸上的神情是一本正经的。

“您要去和玛格丽特告别吗？”她接着说，脸上始终那么严肃。

“不去。”

“这样是对的。”

“您这样认为吗？”

“当然啦。既然您已经跟她决裂了，何必再去看她呢？”

“这么说您知道我们分手了？”

“她给我看了您的信。”

“她对您说了什么？”

“她和我说：‘亲爱的甫丽苔丝，您说他好话的那一位太不懂礼貌，这种信只能在心里想想，不该写出来呀。’”

“她用什么语气对您说的？”

“是笑着说的，她还说：‘他在我家里吃过两次夜宵，他甚至连礼节上的回访都还没有过呢！’”

这就是我的信和我的嫉妒产生的结果。我的爱情和自尊心受到无情的羞辱。

“昨晚她干什么去了？”

“她去歌剧院了。”

“这我知道，后来呢？”

“她在家里吃夜宵。”

“独自一人吗？”

“我想，和德·G伯爵一起吧。”

这么说来，我和玛格丽特的决裂丝毫没有改变她的习惯。遇到这样的情况，有些人会对您说：

“不必再去想这个不爱您的女人了。”

“好啊！我很高兴看到玛格丽特没有为我抑郁寡欢。”我勉强地笑着说。

“她这样做非常有道理。您已经做了本该做的，您比她更理智些，因为这个姑娘爱您，她不断提到您，是什么蠢事都能做得出来的。”

“她既然爱我，为什么不给我写回信呢？”

“因为她已经明白她不应该爱您。再说，女人有时能容忍别人在爱情上玩弄她们，但绝不允许别人伤害她们的自尊心。特别是一个人做了她两天的情人就离开她，那么不管这次决裂的原因是什么，总是会使一个女人的自尊心受到伤害的。我了解玛格丽特，她宁死也不会给您回信。”

“那么，我该怎么办呢？”

“就此拉倒吧。她会忘记您，您也会忘掉她，因为你们双方都没什么可埋怨的。”

“但是如果我给她写信，请求她原谅呢？”

“千万别这么做，她可能会原谅您的。”

我简直想要扑上去搂住甫丽苔丝的脖子。

一刻钟以后，我回家给玛格丽特写了这封信：

> 有一个人对他昨天写的信悔恨万分，假使您不肯原谅他。明天他就要离开巴黎。他想知道何时能够拜倒在您的脚下，献上他的悔恨之心。
>
> 他何时可以单独见到您呢？因为您知道，做忏悔的时候是不该有旁观者在场的。

我把这封用散文写的情诗折叠好，让约瑟夫送去。他把信交给了玛格丽特本人，她回答说，她晚一点再回信。

除了吃晚饭的时候我出去了一会，就一直没出门，可是等到晚上十一点钟，我还没有收到回信。

于是我决定不再这样受煎熬了，明天就出发。

由于下了这个决心，我深知就算躺在床上，我也是睡不着。于是我便动手打点行李。

第十五章

约瑟夫和我，我们为我动身做准备，忙了几乎一小时。这时，有人猛拉我家的门铃。

“要开门吗？”约瑟夫问道。

“开吧。”我对他说，心里寻思着谁会在这个时候来我家，而且绝不敢相信会是玛格丽特。

“先生，”约瑟夫回禀道，“是两位太太。”

“是我们，奥尔马。”一个声音在叫嚷着，我听出是甫丽苔丝的声音。

我走出卧室。

甫丽苔丝站着观赏我客厅里的几件古玩，玛格丽特则坐在长沙发上沉思默想着。

我走进客厅后，径直朝她走去，双膝跪地握住她的双手，激动万分地对她说：“原谅我吧！”

她吻了吻我的额角，慢慢地对我说：

“我已经原谅您第三次了。”

“我本打算明天走的。”

“我的拜访如何能改变您的决定呢？我不是来阻止您离开巴黎的。我来，因为白天我没有时间给您写回信，又不想让您觉得我还在生您的气，所以才来这里的。甫丽苔丝还不让我来呢，她说我或许会打扰您。”

“您，打扰我，您，玛格丽特！怎么会呢？”

“当然啰！您家里兴许有一个女人，”甫丽苔丝说道。“她看到又来了两个女人，那可不是闹着玩的。”

在甫丽苔丝发表她的见解时，玛格丽特聚精会神地打量着我。

“亲爱的甫丽苔丝，”我反驳，“您简直在胡说。”

“您这套公寓布置得很不错嘛，”甫丽苔丝回嘴说，“可以看看卧室吗？”

“可以。”

甫丽苔丝走进我的卧室，倒不是非要参观我的卧室，而是要弥补她刚才说蠢话，这样就留下我和玛格丽特单独在一起。

“为什么要把甫丽苔丝带来呢？”于是我问玛格丽特。

“因为她陪伴我一起去看戏，再说离开这里时，也需要有人陪我。”

“不是有我在这里吗？”

“是的。可是，除了我不想麻烦您以外，我敢肯定要是到了我家门口，您准会要求上楼去我家。由于我不能同意您这样做，我不想让您在离开时有权利责备我对您的拒绝。”

“那么，为什么您不能接待我呢？”

“因为我受到严密监视，稍被怀疑就可能使我遭受巨大损失。”

“仅仅是这个原因吗？”

“假如有别的原因，我会对您说的，我们彼此之间不该保守什么秘密。”

“喔，玛格丽特，我不想拐弯抹角地和您说话。坦白说，您有没有一点爱我？”

“很爱。”

“那么，为什么您要欺骗我？”

“我的朋友，要是我是一位公爵夫人，要是我有二十万里弗尔的年收入，那么无论我做您的情妇，还是我除了您之外还有一个情人，您都有权利问我为什么欺骗您。但是我是玛格丽特·戈迪尔，我欠着四万法郎的债务，没有一点儿财产，而且我每年都要花费十万法郎。所以您的问题变得毫无意义，而我的回答也是多余。”

“不错，”我把头靠在玛格丽特的膝盖上说，“但是我爱您爱得快发疯了。”“那么，亲爱的，您就必须少爱我一点，或者多理解我一点，因为您的信使我非常难过。如果我是自由的，首先前天我就不会接待伯爵，即便接待了他，我也会来请求您的原谅，就像刚才您请求我的原谅一样。而且以后除了您我不会有其他的情人了。有一阵子我以为自己能得到半年的幸福，您又不愿意这么做，您坚持要知道我要用什么办法。唉！天哪，用什么办法是很好猜到的。我采取这些方法时所做出的牺牲，比您想象的多得多。我本来可以对您说：‘我需要两万法郎。’您当时正钟情于我，也许您会筹划到的，但以后您肯定会责备我的。我不愿对您有一点儿亏欠，您却一点都不理解我对您的体贴，因为这正是我的一番苦心。我们这些女人，在我们还有一点良心的时候，我们说的话和做的事都别有深意，这是别的女人无从知道的。因此，我再对您说一遍，玛格丽特·戈迪尔她所找到的不问您要钱又能还债的方法是对您的体贴，您应该毫不作声地受用才是。如果直到今天您才了解我，那么您会因为我答应您的事感到十分幸福，您也就不会盘问我前天做了什么。有时候我们不得不牺牲肉体以换得精神上的满足，但当这种满足离我们而去以后，我们就会分外痛苦。”

我带着赞许的心情倾听和凝视玛格丽特说话。我想到的是，我曾经渴望亲吻一下这个绝代佳人的脚，如今她让我明白她的思想深处，并让我扮演她生活中的一个角色，而我还在不满意她给我的这一切。我想着人的欲望没有边际。我的欲望这么快就得到了满足，眼下我又想得寸进尺了。

“是的，”她接着说，“我们这些受着命运摆布的女人，有着离奇古怪的愿望和匪夷所思的爱情。我们有时为了一样东西，有时又为了另一样东西而以身相许。有些人甚至为我们倾家荡产，却一无所得，还有一些人通过一束鲜花就得到了我们。我们有时会心血来潮而随心所欲，这是我们仅有的消遣和借口。你比任何男人都更快地得到我，我可以对你起誓。为什么？因为在我咯血时，你握住了我的手，还哭了，因为世界上只有你真正愿意同情我。我要告诉你一个秘密：曾经我有一只小狗，当我咳嗽的时候，它总是用伤痛的眼神望着我，它是我唯一爱过的动物。

“它死的时候，我哭得很伤心，甚至比母亲去世时还要伤心。因为，我确实挨了我母亲十二年的打骂。我就这样快地爱上了你，对我的狗也不过尔尔。如果男人们都明白用眼泪可以交换到一些东西，他们就会得到更多的喜爱，我们也不会这个样子挥霍他们的钱财了。

“你的来信暴露了你的真实面目，向我透露了你并没有掌握心灵的全部奥秘。就我对你的爱情来说，无论你对我做过什么好事，可这封信对我造成的伤害却要大得多。的确，这是出于嫉妒，不过这种嫉妒很可笑，也很粗俗。当我收到这封信的时候，我已经忧心忡忡了，本来我打算中午去和你共进午餐，只有看到了你，才能最终抹去我对这件事持续不断想法，而在认识你之前，我根本不为这种事费什么心思。”

“再说，”玛格丽特继续说道，“只有在你面前，我才能立刻明白，我可以有自由思想，无所不谈。凡是围着像我一样的姑娘转的人，都喜欢寻根究底她们的一言一行，并从她们无意义的行动中得出结论。我们自然都没什么朋友，我们有的只是一些自私的情人，他们为我们的挥霍和他们口头说的并不一样，其实完全是为了满足他们的虚荣心。

“对这些人而言，当他们开心的时候，我们也必须开心；当他们想吃夜宵的时候，我们必须有健康的身体；当他们疑窦丛生的时候，我们这些人也要疑心重重。我们这些人是不允许有良心的，否则就要被嘲骂毁掉我们的声誉。

“我们身不由己。我们不再是人，而是没有生命的物品。他们讲自尊心的时候，我们被排在首位；需要他们尊重的时候，我们就降到最末位。我们有一些女友，但是都是像甫丽苔丝那样的女友，她们以前也是别人的情妇，挥霍成习惯了，但是他们人老珠黄了，已经不能这样做了。于是，她们成了我们的朋友，甚至可以说是我们的食客。她们的友谊甚至到了奴颜婢膝的地步，但从来也到不了无私的地步。她们总是给你出怎样捞钱的主意。只要她们能借此赚一些衣裙或者一只手镯，能时不时地坐我们的马车出去逛逛，能坐在我们的包厢里看戏，我们即使再多上十个情人也和她们无关。她们拿走了隔天的花束，借我们的开司米披肩用。她们为我们效劳，即使一件芥蒂小事，她们也希望得到加倍的谢礼。那晚你不是亲眼看见了吗？甫丽苔丝给我带来六千法郎，这是我请她替我到公爵那里要来的。她向我借了五百法郎，她是永远不会把那笔钱还给我的，或者还我几顶帽子，但绝对不会是从自己的盒子取出来的。

“因此，我们只能有，或者不如说我只能有一种幸福。像我这样一个时常抑郁寡欢，又总在受病痛煎熬的人，这种唯一的幸福就是找到一个地位非常高的男人，他不过问我的生活，而且是个重感情轻肉欲的情人。这个人，就是公爵，但是公爵年事已高，既不能给我保护又不能给我安慰。我原以为可以接受他为我安排的生活，但是，叫我有什么办法呢？我厌恶极了。既然注定要受折磨而死，那么投进大火里烧死和被煤气闷死是没有区别的。

“这时候，我遇到了你。你年轻、热情、活泼，我竭力让你成为我在表面热闹实际孤寂的生活中召唤的人。我在你身上所喜爱的，不是目前这样的人，而是指望以后你能够成为的那样的人。可你不接受这个角色，认为和你不相配而拒绝，你是一个庸常的情人，那就像别人一样行事吧，付钱给我，我们的谈话到此为止。”

说完这长篇大论的表白后，玛格丽特精疲力竭。她仰倒在长沙发椅背上，为了让一阵轻微的咳嗽停止，她把手绢按在嘴唇上，一直蒙到眼睛。

“请原谅，请原谅，”我喃喃地说，“我早已经明白这一切了，但是我愿意听你说出这些话来，我最最亲爱的玛格丽特。我们只记住一件事就行，把其余的全都置于脑后吧：那就是我们彼此相属，我们还很年轻，我们相亲相爱。

“玛格丽特，随便你要我怎么样，我是你的奴隶，你的狗。可是看在上帝的分上，撕掉我写给你的信吧！别让我明天走，否则我会郁闷而死的。”

玛格丽特从连衣裙的胸口里掏出我写给她的信来，交还给了我，带着难以形容的温柔微笑对我说：

“看，我给您带来了您的信。”

我把信撕碎了，含着泪水吻着她向我伸过来的手。

这会儿，甫丽苔丝又出来了。

“您说，甫丽苔丝，您知道他要求我做什么吗？”玛格丽特说。

“他要求您原谅。”

“是的，正是这样。”

“那么，您原谅他了吗？”

“当然原谅了，可是他还得寸进尺。”

“怎么？”

“他想和我们一起吃夜宵。”

“那么，您同意了吗？”

“您看呢？”

“我看你们两个都还只是孩子，都没头脑。我还觉得我已经饥肠辘辘了，您早点同意，我们就可以早点儿一起吃夜宵了！”

“好吧，”玛格丽特同意了，“我们三个在我的马车里挤一挤。喂，”她转身又对我说，“拉尼娜说不定已经睡觉了，您拿好我的钥匙去开门，小心别把它丢掉了。”

我紧紧地搂着玛格丽特，差一点让她喘不过气来。这会儿，约瑟夫进来了。

“先生，”他沾沾自喜地对我说，“打点好行李了。”

“全收拾好了吗？”

“是的，先生。”

“那么，全解开吧！我不走了。”

第十六章

“我原本可以把我们结合的起因用三言两语告诉您，”奥尔马对我说，“但是我想让您知道，通过什么样的事件和什么样的曲折，我们才殊途同归，我终于对玛格丽特百依百顺，玛格丽特只想和我一起生活。”

她来找我的翌日，我叫人把《芒努·莱斯科》给她送去。

从那以后，因为我无法改变我情妇的生活，便只好改变我自己的生活。最重要的是，我不让自己的脑子有时间来考虑我刚刚才接受的角色，因为只要一想到，我总是禁不住难受。我的生活原本一直是很清静的，这下突然变得喧闹嘈杂和凌乱不堪了。不要以为一个被人供养的女人给您她的爱情，不贪钱财就花不了什么钱。她有无数种嗜好：鲜花、郊游、包厢、夜宵，这些要求是永远不能拒绝自己的情妇的，而且代价又都是很昂贵的。

正如我对您所说的，我没有财产。我的父亲从过去到现在都是C城的总税务长。他为人正直，闻名遐迩，所以他借到了任职所必需的保证金。这个职务可给他带来四万法郎的年收入，十年干下来，他已经可以归还保证金了，而且攒下了我妹妹的嫁妆。我的父亲是天底下最值得敬佩的人了。我母亲去世的时候留下了六千法郎的年金，父亲在谋到他所期待的职务那天就把这笔年金平分给了我和我的妹妹。后来我二十一岁的时候，父亲又在这笔小收入上增加了一笔每年五千法郎的生活费。他和我说，如果在这八千法郎之外，我还愿意在司法界或医疗界谋个职位的话，那么我在巴黎的日子就可以过得很自在。

因此我来到了巴黎，攻读法律，获得了律师的资格，跟很多年轻人一样，我把文凭放在口袋里，让自己过几天巴黎的那种懒散生活。我非常节俭花销，可是全年的收入只在我口袋放了八个月，我是在父亲家里度过夏天四个月的，这样等于我就有一万二千法郎的年薪，还赢得一个孝子的名声。况且我没有欠一个铜子儿的债。

这就是我结识玛格丽特时的情况。您知道我的日常开销无法控制地增加了。玛格丽特十分任性，有些女人把她们的生活寄托在千百种消遣上，并且完全不把这些消遣看作是了不起的花费，玛格丽特就属于这样的女子。结果，为了尽可能多和我在一起，她上午写信给我，约我一起吃晚饭，但不是在她家里，而是去巴黎或者郊外的饭店。我去接她，再一起吃晚饭，一起看戏，还常常一起吃夜宵。我每晚上都要花销四五个路易，这样我每个月就要开销二千五百至三千法郎，三个半月就花光了一年的收入。我不得不借债，否则就只能离开玛格丽特。

什么我都可以接受，就是无法接受这最后一种情况。

请原谅我把这么多的琐碎都讲给您听，但是下面您就会看到这些细节和下面即将发生的事情之间的联系。我给您讲的是一个真实而简单的故事，就让它保持它朴实无华的细节和它单纯明了的发展过程吧。

因此我懂得了，由于世界上没有什么东西可以对我产生深刻的影响以至于使我忘掉我的情妇，所以我必须要找到一种办法，来应付我在她身上花费。况且，她的爱情使我神魂颠倒，一旦离开玛格丽特，我就觉得度日如年。我感到需要迷恋于某种东西以便消磨时间，才能让时间过得飞快，以致察觉不到韶光流逝。

我先从我那小笔本金中挪用五六千法郎，开始赌博了，赌场被取缔之后，人们在随便什么地方都可以赌钱。从前，只要人们走进弗拉斯卡蒂赌场，就会有机会发财。大家赌现钱，输家可以自我安慰地说他们也会有机会赢钱的。可眼下呢，除了在俱乐部里，付钱还相当严格之外，换了在其他地方，如果赢到一大笔钱，差不多一定拿不到，原因很容易懂。

那些花销巨大，又缺乏足够的钱维持他们所过的生活的年轻人，多半会去赌钱。他们赌博的结果势必是这样的：如果他们赢了，那么输家就必须替赢家支付车马费和情妇的费用，这是让人很难堪的。输家于是债台高筑，在赌桌周围建立起来的关系终于在争吵中破裂。在争吵中，荣誉和生命难免会受到一些损伤。如果这是一个有教养的人，那么他就会被另一些更加有教养的年轻人搞得倾家荡产。他们或许没有别的错误，不过是没有二十万里弗尔的年收入。

至于那些赌钱作弊的人，也不必我多讲了，他们终会有不得不离开，并且迟早会受到惩罚。

于是我投身于这种快速、混乱和激烈的生活中了。这种生活我以前连想想都会感到很恐惧，现在却成了我对玛格丽特的爱情必不可少的补充。叫我怎么办呢？

如果我不去安泰街过夜，独自待在家的话，我会夜不能寐的。我妒火中烧，无法合上双眼，我的思想和血液像在燃烧一般，但赌博可以暂时转移那些潜在我心中的激情，把它引向另一种狂热。我不由自主地投身于其中了，一直赌到我应该去和我的情妇会面为止。由此我就发现我的爱情是多么强烈。不论是赢或者输，我都毫不留恋地离开赌桌，并怜悯那些留下来的人，他们不能够和我一样找到幸福。

对于大部分人来说，赌博只是一种需要。然而对我来说，却是一帖药剂。

——假如我不再爱玛格丽特，我就不会再去赌博。

——因此，在赌博的过程中，我能非常冷静。我只肯输我付得起的钱，同时也只赢我输得起的钱。

况且，我赌运很好。我没有欠债，但花费却比我没有赌钱以前多三倍。这样的生活可以让我丝毫没有困难地满足玛格丽特的各种要求，然而要抗拒这种生活的诱惑是不容易的。就她来说，她一如既往地爱我，甚至比以前更加爱我了。

正如我刚才对您说的，以前我只能在午夜至第二天清晨六点钟之间才得到她的接待，后来她允许我不时地进入她的包厢，再后来她有时候还来跟我一起吃晚饭。有一天早上，我一直到八点钟才走，甚至有一天我一直到中午才离开。

在期待着精神上的变化时，玛格丽特的身体状况却发生了变化。

我曾经设法给她治疗，这个可怜的姑娘猜出了我的目的，为了表示对我的感激就听从了我的劝告。我没费什么劲就使她几乎放弃了曾经的老习惯。我曾让她去找过的一位医生告诉我说，只有安静地休息才能使她身体好转，于是我用合乎健康的制度和有规律的睡眠代替了夜宵和熬夜。玛格丽特也逐渐适应了这种新的生活方式，她自己也感觉到了这种生活方式有益于身体健康。她已经开始在自己家里度过有些晚上，或者天气好的时候，她裹上一条开司米披巾，戴上面纱，我们俩就像孩子似的，傍晚在香榭丽舍大街昏暗的小路上漫步。回来时她觉得疲惫，只吃了一点儿点心，弹了一会儿琴，或者看一会儿书，便去睡了。她过去是从来没有过这种情况的。以前每次我听见她咳嗽时，就会感到撕心裂肺般的痛，现在这种咳嗽几乎已经消失了。

六个星期以后，伯爵已经不是我们之间的问题，完全被抛诸脑后了，他已经被彻底放弃了。只是对公爵才不得不继续隐瞒我和玛格丽特的关系，不过当我在她房里的时候，公爵还是常常被打发走，借口就是夫人在睡觉，不准任何人吵醒她。

结果是养成了玛格丽特特定时刻要和我待在一起的习惯，这甚至成为一种需求，因此，我能像一个高明的赌徒般在应该离开赌台的时候便离开。总之，因为老是赢钱，我忽然发现手上已经有了一万多法郎，这笔钱对我来说是绰绰有余的。习惯上，我通常去探望父亲和妹妹的日期到了，但是我并没有去，因此常常收到他们两人的来信，要我回去待在他们身边。

对于父亲和妹妹的诚恳要求，我全都巧妙地拒绝了，我总是对他们说我身体健康，也不缺少钱花。我觉得这两点可能会使我父亲对我一再推迟回家探亲得到一些安慰。

在这期间，有一天早上，玛格丽特被灿烂的阳光照醒了，她起床后问我是否愿意带她去乡下玩一天。

我们派人找来甫丽苔丝，玛格丽特还吩咐拉尼娜对公爵说，她想趁着这风和日丽的好天气和托维奴瓦太太一起到乡下去。随后我们三人就一起出发了。

只有托维奴瓦在场，才能使老公爵放心，除此之外，甫丽苔丝好像是一个专门为郊游而生的女人。她全天都兴致勃勃，她的胃口永不餍足，凡是她身边的人，有她做伴绝不会有一刻的烦恼。而且她还精于订购鸡蛋、樱桃、牛奶、嫩煎兔肉以及巴黎郊游野餐所需的所有传统食物。

剩下的就是只要我们知道上哪儿去就行了。

仍然是甫丽苔丝解决了我们这个难题。

“你们不是想到一个真正的乡下去吗？”她问。

“是的。”

“那好，我们就一起去布吉瓦尔[①]，到阿尔努寡妇的曙光饭店去。奥尔马，你去租一辆敞篷四轮马车。”

一个半小时以后，我们来到了阿尔努寡妇的曙光饭店。

您或许知道这个饭店，一个星期里有六天作为旅店，星期天则成为可供跳舞的小咖啡馆。它有一个位于普通二层楼那么高的地方的花园，在那里远眺，风景十分旖旎。连绵不断的山冈在右边，马尔利引水渠在左边的天际尽头，河流在这一带几乎是停滞的，仿佛一条宽大的白色波纹缎带，在加比荣平原和克洛瓦西岛之间流淌。高大的杨树在两岸随风战栗，喃喃细语，不停地哄着河流入睡。

远处在阳光普照下，矗立着一片红瓦白墙的小房子和一些手工工厂，因为距离遥远，这些工厂失去了粗俗的商业特点，反而使风景变得格外秀美。

极目远眺，巴黎笼罩在云雾下。

就像甫丽苔丝对我们说的那样，这是一个真正的乡下；除此之外我还该说，这才算是一顿真正的午餐。

倒并不是由于感谢从这个地方得到幸福才如此说的。尽管布吉瓦尔的名字很难听，但这是人们能够想象的风景最秀丽的地方之一。我旅行过许多美丽的地方，也见过许多壮丽的景色，但是，没有看过比这个恬静地坐落在庇护着它的山脚下的小乡村更迷人的地方了。

阿尔努太太建议我们泛舟河上，玛格丽特和甫丽苔丝兴高采烈地接受了。

人们老是把乡村和爱情联系在一起，这是很有道理的：没有什么比蓝天、芬芳、鲜花、和风、田野和树丛无与伦比的幽静更能衬得上您心

① 位于巴黎西部的一个小镇。

爱的女人了。不论你多么爱一个女人，不论你多么信赖她，不论她过去的经历怎样确保将来的忠诚，你多少会有些嫉妒的。如果你以前恋爱过，认真地恋爱过，你肯定会感到必须把你钟爱的女人与世隔绝，不论你的意中人对周围的人是如何的冷若冰霜，似乎只要她和别的男人和事物一接触，就会失去她的芬芳和完整。这是我比别人感受更深的。我的爱情不同寻常，但普通人恋爱时所能做的，我都能做。但是我爱的是玛格丽特·戈迪尔，也就是说，在巴黎，我每走一步都有可能碰到一个以前做过她情夫的人，或者是即将成为她情夫的人。可是在乡下，我们置身于我们从未谋面、也从不关注的人群中。我们待在这一年一度、春意盎然的大自然的怀抱中，远离城市的喧嚣声，我可以把我的爱情藏匿于此，不用面对羞耻感和担惊受怕地倾心相爱。

在这里妓女的形象在渐渐消失。我身边只有一个名叫玛格丽特的姑娘，年轻貌美，我爱她，她也爱我。过去已经敛迹遁形，未来光明一片。阳光就像照耀着一个最圣洁的未婚妻一样，照亮了我的情妇。我们俩散步在这富有诗意的地方，这些地方仿佛是天造地设的一样，让人回忆起拉马丁①的诗句或者哼起斯居多②的歌曲。玛格丽特穿一件白色的连衣裙，斜倚在我的臂膀上。晚上，在满天繁星下，她向我反复絮叨着昨夜对我说的话。远处，城市里的尘世生活仍在继续，我们的青春和爱情的欢乐画面一点也没有受到它的阴影的污染。

这就是那天的烈日透过树叶给我带来的梦境。我们的游船在一个小岛边停下来，我躺在草地上，割断了过去约束我的思想的一切人际联系，放任自己的思绪驰骋，遇到的形形色色的希望全部截获。

除此以外，从我所在的地方，我看到岸边矗立着一座美丽的三层小楼房，门前有一道半圆形的栅栏。穿过栅栏，房子前面有一块像天鹅绒一样平整的绿色草坪。楼房后面有一座小树林，里面是神秘的僻静场所，而且早上一起来，前一天踏出来的小径就淹没在苔藓下了。

一些攀缘植物的花朵铺满了这座没人居住的房子的台阶，并且一直延伸覆盖到二楼。

我凝望这座楼房，最后竟然以为它就是应该属于我的，因为它

① 19世纪法国浪漫主义诗人。

② 19世纪法国音乐批评家、作曲家。

真正浓缩了我的梦想。我在这座房子里看到了我自己和玛格丽特，白天在这座树林覆盖的山冈中，晚上一起坐在绿草坪上。我心里寻思着，这个世界上还有什么人能和我们一样幸福呢？

“多么漂亮的房子啊！”玛格丽特对我说，她已经跟随我的视线看到了这座房子，也许还和我有着一样的想法。

“哪里？”甫丽苔丝问。

“那边。”玛格丽特用手指着那座房子说道。

“啊！真让人沉醉，”甫丽苔丝接着说，“您喜欢吗？”

“非常喜欢！”

“那么，就去和公爵说把房子给您租下来。我有把握他会同意的。如果您愿意的话，让我来负责这件事。”

玛格丽特望着我，仿佛在征求我对此的看法。

我的幻想已经随着甫丽苔丝的最后这几句话烟消云散了，而且突如其来地掉落在现实之中，跌得我头晕眼花。

“这是个绝妙的主意。”我期期艾艾地说，甚至不知道自己在说些什么。

“那么，我来安排这一切，”玛格丽特握住我的手说，她是按照自己的愿望来理解我的话，“立刻去看看这座房子是否要出租。”

房子没人住，租金是两千法郎。

“你高兴住在这里吗？”她问我。

“我一定会到这儿来吗？”

“如果不是为了您，那么我隐居到这儿又是为什么呢？”

“好吧，玛格丽特，就让我来租下这座房子吧。”

“您疯了吗？这不但没有必要，而且还有危险。您明知道我只能接受一个人的恩惠，所以，就让我来办吧！你这个大孩子，别再说了。”

“这样的话，假如我一连两天有空，我就来你们这儿过。”甫丽苔丝说。

我们离开这座房子，踏上了回巴黎的路，一面还讨论着这个新的计划。我搂玛格丽特在怀里，好在到下车的时候，我已经开始能够面对我情妇的这个计划，并逐渐消除了顾虑。

第十七章

第二天，玛格丽特很早就把我打发走了，她对我说，公爵一大早要来。她答应我，一旦公爵离开，就给我写信，通知我明天晚上幽会的时间和地点。

果然，白天我收到了这封信。

> 我和公爵一起去布吉瓦尔，今晚八点到甫丽苔丝家去等我。

指定的时间内，玛格丽特准时回来了。她到托维奴瓦太太家里来见我。

“好啦，一切都安排妥帖了。”她进来就说。

“房子租下来了吗？”甫丽苔丝问。

“是，立马就租下来了。”

我不认识公爵，但是像我这么欺骗他，我感到羞愧难当。

“但是事情还没有完！”玛格丽特又说。

“还有什么事吗？”

“我在思考奥尔马的住处。”

“不和您住在一起吗？”甫丽苔丝笑着问。

“不，他住曙光饭店，我和公爵一起在那儿吃了午饭。在公爵欣赏风景的时候，我问阿尔努太太，是叫阿尔努太太吧？我问她是否有合适的套房可供出租。她刚好有那么一套，包括客厅、候见室和卧室。我想，一切需要的都齐全了，六十法郎每月，家具陈设足以让一个生性忧郁的人喜笑颜开。我租下了这套房间。我干得还漂亮吧？”

我紧紧地搂住玛格丽特的脖子。

“这简直妙不可言，”她接着说，“您有小门上的钥匙，我答应公爵把栅栏门的钥匙给他，不过他不会拿去的，因为他即便来也只是在白天。说实话，我觉得他对这一任性的做法很高兴，这样能使我远离巴黎一段时间，又能使他家里人少说些啰唆话。但是他问我，我这么喜欢巴黎，怎么会愿意到乡下去隐居。我跟他说，我身体不好，要到乡下静养一下。他看起来好像不太相信我的话。这个可怜的老头儿总是被逼得走投无路。因此，我们要多加小心，亲爱的奥尔马，因为他会派人在那里监视我，我不光要他给我租了一座房子，还要他为我还债呢，因为倒霉的是我还欠着一些债务。这样安排您觉得合适吗？”

“合适。”我回答，这种生活方式时不时唤起我的顾忌，但我尽力忍住不说出来。“我们巨细无遗地参观了这座房子，以后我们住在那里一定十分称心！公爵样样都要过问。啊！亲爱的，”她乐得疯疯癫癫地搂住我说，“您真有福气，有一位百万富翁给您铺床呢！”

“那您何时搬过去？”甫丽苔丝问。

“越早越好。”

“您把车马都带去吗？”

“我会把全部家当都搬过去。我不在家时您替我看管一下公寓。”一星期以后，玛格丽特搬进了那座乡下的房子，我则住在曙光饭店。

从此就开始了一段我很难向您描述出来的新生活。

刚在布吉瓦尔住下的时候，玛格丽特还没有戒掉她的旧习惯，她家里每天都像过节一样，非常热闹，所有的朋友都来看望她。在整整一个月里，每天总有八到十个人在她家吃饭。甫丽苔丝也把她认识的人全带来了，还殷勤地请他们参观房子，仿佛是这房子的主人似的。

正如您想象的一样，一切开支都是公爵支付的，然而甫丽苔丝却时不时以玛格丽特的名义，向我要一张一千法郎的钞票。你知道我赌博赢了些钱。所以我忙不迭地把玛格丽特托她向我要的钱交给她，甚至生怕我的钱不够她的需要。于是我还去巴黎借了一笔钱，数目和我过去借的一笔一样，当然那笔钱我早已如数还清了。

于是，我又重新拥有了一万左右法郎，我的生活费还不算在内。

然而，玛格丽特招待朋友的兴致稍微有点低落，因为这种娱乐开销巨大，甚至有时还必须向我要钱。公爵租下来这座房子是给玛格丽特静养的。他从来不在这儿露面，怕碰到一大群乐不思蜀的宾客，他是不愿意和他们打照面的。特别是因为有一天，他来与玛格丽特单独共进晚餐，却遇上有十五个人正在家里吃午饭。这顿午饭在他打算吃晚餐的时候还没有吃完。当他打开饭厅的大门时，令他措手不及的是，一阵欢笑冲他而来，这是他料想不到的，面对在场姑娘们的浪笑，他不得不遽然退了出去。

于是玛格丽特离开餐桌，去隔壁房间找公爵，想方设法劝慰公爵忘掉刚才不愉快的情景。然而公爵的自尊心已经受到伤害，心里万分怨恨。他无情地对这个可怜的女人说，他已然厌倦了拿钱给一个女人肆意挥霍，因为这个女人甚至不懂得让他在家里受到尊敬，他怒气冲冲地离开了。

从这天起，我们就从未听到过他的消息了。虽然玛格丽特后来拒绝客人，改变从前的习惯，但仍旧是徒然，公爵已杳无音信。这样一来我倒渔翁得利，因为我的情妇已经完完全全地属于我了，我的梦想最终实现了！玛格丽特再也不能离开我了。她丝毫不顾后果如何，公布我们之间的关系，于是正式把我看作他们的主人。

对于这种新生活，甫丽苔丝竭尽全力劝告过玛格丽特。可是玛格丽特回答她说，她爱我，没有我她无法生活。不管什么事情发生，她都不愿意放弃和我朝夕相处的幸福。还说凡是看不惯的尽可以不再登门。

有一天我在房门外听到甫丽苔丝和玛格丽特的对话。

几天后，甫丽苔丝又再次登门。

我在花园的时候她进来了，她没看到我。从玛格丽特迎向她的模样，我就揣度出又要重复一次我已经听到的那种谈话，我想像上次那样再去偷听。

两个女人关在一间小客厅里，我就在门外侧耳细听。

“怎么样？”玛格丽特问。

“怎么样？我见到公爵了。”

“他对您说什么了吗？”

“他原谅您那次的事情，可他说，他已经知道您跟奥尔马·狄沃尔先生公开同居了，对这件事他是不可原谅的。‘只要玛格丽特离开这个年轻人，’他和我说，‘那么我就一如既往，无论她要什么我都给，否则她就应该死心，不要再向我要求任何东西。”’

“您是怎么回答的？”

“我说我会把他的决定传达给您，而且我还答应他要使您明白道理。亲爱的孩子，您要考虑到您失去的地位，奥尔马不能够给您这种地位的。虽然他爱您一往情深，但是他没有足够的财产来满足您的需要，有朝一日他总会离开您，到那时就为时已晚，公爵再也不愿意为您做任何事了。您是否要我去同奥尔马说呢？”

玛格丽特默不作声，仿佛在考虑。在等待她的回答时，我的心扑腾乱跳。

“不，”她回答道，“我绝对没有可能离开奥尔马，而且我也不再隐瞒和他同居的事实。这样可能是做傻事，可是我爱他您让我怎么办呢？而且，现在他毫无顾忌地爱我已经成了习惯了，只要一天离开一小时，他也会万分痛苦。况且，我也行将就木了，不想再自找苦吃，去服从一个老头的意愿！只要一见他，就会使我变老。让他留着钱吧！我不需要了。”

“可是，您以后要怎么办呢？”

“我也说不上来。”

甫丽苔丝大概还想答话，但是我忽然闯了进去，扑倒在玛格丽特脚下，她的双手被泪水沾湿了，这些都是因为听到她这么爱我而开心得流出来的眼泪。

“我的生命是属于你的，玛格丽特，你再也不需要那个公爵了，我在这儿呀？难道我会抛弃你吗？你给我的幸福我能报答得了吗？不要被别人约束了，我的玛格丽特，让我们相爱吧！其余的事跟我们都没有关系了！”

“嗯！是的，我爱你，奥尔马！”她用双臂紧紧地搂住我的脖子，喃喃道，“我爱你，爱得简直连我自己都难以置信。我们一定会幸福的，我们要平静地生活，以前那种让我如今感到脸红的生活，我要与之诀别。你一定不会责备我过去的生活，是吗？”

我的声音被呜咽堵住了。我只能把玛格丽特拥在心口。

“好啦，”玛格丽特转向甫丽苔丝，颤抖着声音说。“您就把这一幕情景跟公爵说，再加上我们不需要他了。”

从这一天起，公爵再也不是问题了。玛格丽特不再是我曾经认识的姑娘了。凡是能让我想起当初我遇到她时所过的那种生活的一切情况，她都尽力避免。她给我的爱和关心，是任何一个妻子和妹妹都不能相比拟的。疾病缠身的体质，使她感情丰富，多愁善感。她和朋友们断绝了来往，如同改变了过去挥霍无度的陋习。别人看见我们出门，坐上我买来的那条漂亮的小船在河上泛舟时，绝不会想到这个身穿普通白色连衣裙，戴着大草帽，臂上搭一件用来防御河水寒气的普通丝质外衣的女人，就是玛格丽特·戈迪尔——四个月以前曾以奢侈和丑事而让人议论纷纷。

天哪！我们匆匆地享乐，仿佛已经料到我们的好日子长不了了似的。

我们差不多有两个月没有去巴黎了。除了甫丽苔丝和我向您提起过的朱丽·迪普拉之外，也没有人来看过我们。现在我讲的那些动人的故事，就记在玛格丽特给朱丽的手稿里。

我整天偎依在我情妇的身旁。我们打开了面向花园的窗户，观赏鲜花盛开的夏季景色。我们在树荫下并肩领略着这真正的生活，不管玛格丽特还是我，在此之前都从未领略过这种真正的生活。

这个女人对一些芥蒂小事都会表现出孩子般的惊讶。有些日子，她就像一个十岁的小女孩一样，在花园里追逐一只蝴蝶或者蜻蜓。这个风月女子以前花在鲜花上的钱，比供一个家庭快乐生活的开销还要多。有时候她就坐在草坪上，整整坐上一个小时，看着自己用来作名字[①]的一种普通的花。

就在那段日子里，她常常阅读《芒努·莱斯科》。我看见她给这本小说加注许多次，而且她总是和我说，一个女人在热恋的时候，不可能像芒努那样做的。

公爵写了两三封信给她。她认出了笔迹，连看都不看便把信交给了我。好几次这些信的措辞让我甚为感动。

公爵原本认为，等玛格丽特的财源断了以后，就会再回到他身边，但是当他看到这个方法无济于事之后，就再也无法坚持了。他一再写信要求像以前那样同意他回来，不管什么条件他都愿意答应。

于是，我看过这些翻来覆去、再三哀求的信之后，便全撕了，也不告诉玛格丽特信里写了什么，更无意劝她再去见那位老人。尽管我怜悯这个可怜虫的痛苦，但是我担心劝告她像从前那样重新接待公爵的话，她会觉得我是希望公爵重新负担这座房子的花销。不管她的爱情可能给我带来什么严重后果，我都会承担她的生活费用的。

结果，公爵因收不到回信就再也不来信了。玛格丽特和我继续在一起生活，根本不考虑将来。

① 法语中玛格丽特为雏菊的意思。

第十八章

要把我们的新生活巨细无遗地告诉您是困难的。这种生活对我们来说就是一件件你侬我侬的愚事，但对听我故事的人来说，却是不值一提的。您了解爱一个姑娘是怎么回事，您也了解白天如何变得短暂，而第二天又如何缠绵悱恻地惰在床上。您也不会不知道互相信赖，你亲我爱的热烈爱情，会让人把一切事物都抛诸脑后。在这个世界上，除了自己的意中人，其他任何存在似乎都是无意义的。人们后悔以前对其他的女人用过一番心思，此时除了自己手里握着的手之外，看不到任何必要再去握别人的手。脑子既不思考，也不回忆。脑子里被不断地注入唯一一个念头，没有任何事情能分散这个念头。人们每天都会在自己的情妇身上发现新的魅力和从未有过的快感。

人生不过是反复完成持续不断的欲望，灵魂不过是维持爱情圣火的守灶贞女①。

夜幕降临的时候，我们常常坐在可以俯视我们房子的小树林里，倾听着夜晚和谐欢快的天籁，都在想着不久又可以相拥到天明了。有时我们整天睡在床上，甚至都不让阳光照进房里。紧拉住窗帘，外界之于我们而言，暂时停止了一切活动。只有拉尼娜有权打开我们的房门，但也只是为我们送晚餐。有时我们甚至在床上就餐，还不断打闹嬉笑。然后再睡一会儿，我们就像两个沉浸在爱河

① 指罗马神庙中手持圣火供奉女灶神的童贞女。

中的执着的潜水员，仅仅为了换气才浮出水面。

可是，有时我发现玛格丽特抑郁不乐，甚至眼泪汪汪，我问她为什么这样悲伤。她说：

“我们的爱情和一般的爱情不同，我亲爱的奥尔马，你就像我从来不曾委身于别人一样爱我，但我十分害怕你以后会后悔自己的感情，对我的过去横加指责，让我重操旧业就像你刚接纳我时一样。如今我梦幻般地享受到了新的生活，倘若让我重新去过从前的日子，我会活不长的。因此，请告诉我，你永远都不会离开我。”

“我对你起誓！”

听到这样的话，她凝视着我，似乎要看穿我的誓言是否是真的。然后她扑到我的怀里，埋头在我胸前，说：

“你真不知道我有多么爱你！”

一天傍晚，我们倚在阳台的栏杆上，遥望着层云遮掩，难得一露的月亮，倾听树叶被风吹动的沙沙声。我们手牵着手，足足有一刻钟我们噤若寒蝉，然后玛格丽特说道：

“冬天快来了，我们离开这儿吧！”

“去哪儿呢？”

“意大利。”

“你在这儿待厌烦了吗？”

“我害怕冬天，尤其是怕回到巴黎。”

“为什么呢？”

“有很多原因。”

她没有告诉我原因就接着说下去：

“你愿意离开这儿吗？我把我所有的东西都卖掉，咱们去那边生活，不留下丝毫过去的痕迹，没人会知道咱们是谁，你愿意这么做吗？”

“你要是愿意的话，咱们就离开，玛格丽特。咱们去旅行一次，”我和她说，“可是你没有必要变卖东西啊，回来的时候看到这些东西会让你开心的。虽然我没有那么多的财产来负担你的牺牲，但是咱们可以自由自在地旅行上五六个月，我的钱还是绰绰有余的，只要这样能带给你哪怕一点儿快乐。”

“话说回来，还是不去的好，”她说道，离开窗口，坐到房间角落的长沙发上，“何必到那儿去破费呢？在这儿我已经花了你很多钱了。”

“你这是在责备我，玛格丽特，这根本不是推心置腹。”

“朋友，对不起，”她说，一边向我伸出手，“这种阴雨天气让我火气很大，也许我没表达清楚我的心里话。”

她拥吻了我一下，然后又陷入长时间的深思。

类似这样的场面发生过几次，尽管我不知道她这么做的理由是什么，但是我很清楚玛格丽特是在为未来担心。她是不会对我的爱情产生怀疑的，因为我对她的爱与日俱增，可是我经常看到她愁容满面，除了推诿说身体不舒服之外，从来不跟我解释她为什么忧愁。

我害怕她对于这种单调的生活感到厌倦，就向她提议回到巴黎，然而她总是一口回绝，并且和我保证，没有地方能比乡下更让她快乐。

甫丽苔丝平常难得来一趟，但是她常常写信，尽管玛格丽特一收到这些信就心事重重，但我也从未要求过看这些信，我只能去猜想信里的内容。

一天，玛格丽特在她房间里待着，我走了进去，她正在写信。

“这信写给谁？”我问她。

“给甫丽苔丝，要不要我念信给你听听？”

我很憎恶自己看起来有所猜疑，我回答玛格丽特道，我不需要知道她写些什么，可是我能断定，这封信能够告诉我她忧愁的真正原因。

第二天，天气晴朗。玛格丽特想和我乘船出游，去克罗瓦西岛玩。她看上去兴高采烈，我们回家时都已经五点钟了。

“托维奴瓦太太刚刚来过。”我们进门时拉尼娜说。

“她走了吗？”玛格丽特问。

“走了，坐夫人的马车走的：她说这是已经讲好了的。”

“很好”玛格丽特赶忙说，“吩咐下去给我们开饭。”

两天以后，甫丽苔丝又来了一封信。后来的半个月里，玛格丽特已经不再那么神秘莫测地发愁了，还不断请求我原谅她。

可是马车没有返回。

“甫丽苔丝怎么没有把你的双座四轮轿式马车送回来？”有一天我问。

“两匹马当中有一匹病了，而且也要修理一下马车。反正我们在这里也不用坐车，趁我们回巴黎前把车修理好就行，何乐而不为呢？”

几天之后，甫丽苔丝来看我们，她向我证实了玛格丽特说的话。

两个女人单独在花园里漫步，当我走向她们的时候，她们就改变了话题。

晚上，甫丽苔丝告辞离开的时候，抱怨天气冷，请求玛格丽特借给她开司米披肩。

一个月就这么过去了，在这期间里，玛格丽特比过去任何时候都更快乐，也更加多情了。

但是马车没有返回，开司米披肩同样没送回来，所有这一切都让我不由得困惑不解。因为我知道玛格丽特把甫丽苔丝写的信放在哪个抽屉里，趁她在花园的时候，我跑到抽屉跟前，想方设法打开它。但是无法打开，抽屉上了两道锁，锁得紧紧的。

接着我搜寻那些平时放首饰和钻石的抽屉，一下子就打开了，但是首饰盒没有了，里面的东西不用说也消失不见了。

顿时一阵不安和悲哀揪紧了我的心头。

我想去问玛格丽特这些东西的去向，可是她一定不会和我说真话的。

“我的玛格丽特，”于是我这么跟她说，“我来请求你答应让我去一次巴黎。我的家人还不知道我在哪儿，我父亲也该给我来信了，他肯定十分焦急，我一定要给他写封回信。”

“去吧，亲爱的，”她对我说，“但是要早点回来。”

我离开了。我立刻去了甫丽苔丝家里。

“甫丽苔丝，”我开门见山地对她说，“您坦率地告诉我，玛

格丽特的两匹马去哪儿了？”

“卖掉了。”

“开司米披肩呢？”

“也卖掉了。”

“那钻石呢？”

“当掉了。”

“是谁给她卖掉和当掉的？”

“是我。”

“为什么不事前告诉我？”

“因为玛格丽特不让我告诉您。”

“为什么？”

“因为她不愿意。”

“这些钱派什么用场了？”

“还债。”

“这样说来，她还欠着很多债吗？”

“应该还欠三万法郎左右。啊！亲爱的，我不是早就和您说过了吗？但是您不愿意相信我的话，那么现在总该相信了。以前公爵担保的地毯商找公爵要账的时候吃了闭门羹。第二天公爵写信跟他说戈迪尔小姐的事和他无关了。这个商人来要钱，我们只能分期付款给他，总共几千法郎就是我向您要的那笔。后来有些好心人提醒他说，公爵已经抛弃他的债务人了，她正和一个没财产的年轻人同居，其他债权人也收到了同样的消息，他们也全都来要钱，而且还封存了财产。玛格丽特原本想统统卖掉，但是时间来不及，并且我也反对这样做。债务是必须要还的，为了不问您要钱，她卖掉了两匹马、马车和披肩，典当了首饰。您是否要看看买主的收据和当铺的当票呢？”

于是甫丽苔丝打开了一只抽屉，把收据和当票拿给我看。

“啊！您以为，”她继续说，那种执着的语气就像是说她有权说“我是对的”似的，“啊！您以为只要相亲相爱就足够了吗？以为只要一起到乡下，过那种轻轻松松的美好生活就足够了吗？不够的，我的朋友，不行的。除了这种理想生活以外，还有物质生活，最圣洁的决心也会被一些微不足道的细线与现实世界联结起来，而这些线都是由铁铸就，难于挣断。如果说玛格丽特从未欺骗过您，这是因为她的品性与众不同。我劝她并没有做错，因为我不愿意看到一个可怜的姑娘失去一切。她不肯听我的话！她对我说，她爱您，绝对不会欺骗您。这一切真是太美好了，十分富有诗意，但这一切都不能当作钱来还债呀。我再跟您说一遍，如果现在没有三万法郎是没法应付的。”

“那好，这笔钱由我来付。”

“您去借吗？”

“天啊，是的。”

“我看您是要去干蠢事了。您会和父亲闹翻的，他会切断您的经济来源的，况且三万法郎是难以迅速筹划到的。请相信我吧，亲爱的奥尔马，我对女人可比你了解得多。不要做这种蠢事，有朝一日您会后悔的。您要理智一些。我不是说让你和玛格丽特分手，而是要像夏初时那样跟她生活，让她自己找到办法摆脱困境。有朝一日公爵会慢慢来找她的。德・N伯爵昨天还对我说，要是玛格丽特肯接待他的话，他会还清她所有的债务，每个月还另外给她四五千法郎。他有二十万里弗尔的年收入。这对她而言算是一个依靠了。而您呢，迟早是要离开她的，您不要等到倾家荡产时再分手，再说这位德・N伯爵是个笨蛋，您完全可以继续做玛格丽特的情人。最开始她可能会很伤心一阵子，但是慢慢她会习惯的，总有一天她会感谢您这样做的。您就假设玛格丽特是一个有夫之妇，您欺骗的是她的丈夫，仅此而已。

“这些话我已经说过一遍了，不过那时还只是一个劝告，而眼下已经几乎非这样做不可了。”

甫丽苔丝说的话虽然很无情，但是言之有理。

“就是这么回事，”她一边收起刚才给我看的票据，一边继续说，“受人供养的姑娘总是盼望得到别人的爱，可是她们永远不会爱别人，否则她们就得攒钱，到了三十岁的时候，她们就可以奢侈一下，拥有一个她们毫无所图的情人。我呀，要是我能早明白做这样的打算多好啊！总之，您只字不要和玛格丽特提，把她带回巴黎来。你们已经在一起四五个月了，这已经很好了。闭上您的双眼，这就是对您的要求。两星期之后她就会接待德·N伯爵，今年冬天她能够有所积蓄，明年夏天你们就可以从头开始了。必须这样做，亲爱的！”

甫丽苔丝似乎对她自己的忠告沾沾自喜，而我却愤怒地回绝了。

不仅仅因为我的爱情和我的尊严不允许我接受，而且我深信玛格丽特宁死也不愿意再过从前那种委曲求全的生活了。

“我跟您说过了，大概三万法郎。”

“什么时候要这笔钱呢？”

“两个月之内。”

“放心吧，她会有那笔钱的。”

甫丽苔丝耸耸肩。

“我会把这笔钱交给您的，”我继续说，“但是您要发誓，千万不能告诉玛格丽特是我给您的。”

“您放心。”

“如果她再托您卖掉或者当掉其他东西，您就来通知我。”

“不用担心，她已经没有什么了。”

然后我决定先回家去看看是否有父亲的来信。

一共有四封。

第十九章

在前三封信里，父亲因为我杳无音讯而担忧，问我是什么原因。在最后一封信中，有人已经把我生活中的变化告诉他，他通知我说不久就要赶来巴黎。

我向来很尊敬父亲，并对他怀有十分真挚的爱。因此，我回信给他说，我之所以杳无音讯是因为做了一次短途旅行，并请他预先告诉我到达的日期，我好去接他。

我告诉了我的仆人我在乡下的地址，并吩咐他一收到盖有C城的邮戳的来信就送来，然后我立刻回到布吉瓦尔。

玛格丽特在花园门口等着我。她的眼神充满忐忑。她一把搂住我的脖子，按捺不住地问我：

“你遇到甫丽苔丝了吗？”

“没有。”

“你为什么在巴黎待了这么久？”

“我收到了父亲的几封信，我必须给他回信。”

过了一会儿，拉尼娜进来了，气喘吁吁地。玛格丽特站起身来，走过去和她低声说了几句。

拉尼娜出去之后，玛格丽特重新坐到我旁边，握住我的手说：

“你为什么骗我？你去甫丽苔丝家了？”

“谁跟你说的？”

“拉尼娜。”

“她怎么知道你的？”

“她一直跟着你。”

“是的。你已经四个月没有离开我身边了，我想我到巴黎去肯定是有重大的原因。我怕你发生不幸，或者没准去看别的女人。”

“你真孩子气！”

“现在我放心了，我知道你都做了些什么，但是我还不了解别人都和你说了什么。”

我拿出父亲的来信给玛格丽特看。

“我不是问你这个：我想知道的是，你为什么去甫丽苔丝家。”

“去看看她。”

“你撒谎，我的朋友。”

“那么，我是去问她你的马修好了没有，你的披肩的首饰她还需不需要。”

玛格丽特涨红了脸，但是她一声不吭。

“所以，”我继续说，“我也就知道了你把你的马匹、披巾和钻石都派了什么用场了。”

“那你怪我吗？”

“我是怪你没有告诉我。”

“像我们这样的关系，要是女方还有一丝自尊心的话，她就该做出全部的牺牲，而绝不向她的情人要钱，否则她的爱情就和卖淫无异。你爱我，我确信无疑，但是你不明白，虽然别人心中对我这样的女人怀有爱意，但维系着这份爱的线是多么脆弱。谁能料到呢？或许在面临困难或者烦恼的某天，你会把我们的爱情看作一次策划精心的买卖。甫丽苔丝喜欢多嘴多舌。我要这两匹马还有什么用！我卖掉它们还能节省一笔开销呢；我可以不需要马，也不用再为它的花销；只要你爱我，我别无所求，就没有马、披肩和钻石，你也会一样爱我。”

玛格丽特讲这些话的语气很自然，我听得禁不住流下眼泪。

“但是，我的好玛格丽特，”我深情地紧握着情人的双手回答说，“你很明白，这种牺牲有朝一日我总会知道的，那时我会受不了的。”

“为什么受不了呢？”

“因为，亲爱的，我不想你因为对我的一片深情而牺牲你的东西，哪怕一件也不行。我同样不希望你在困难或烦恼的时候会想，假如你和别的男人同居的话，这种情况就不会发生。我还不想你哪怕有一分钟后悔跟了我。再过两天，你的马、钻石和披肩都会重新回到你的手里。这些东西对你而言就像空气对于生命一样是须臾不可或缺的。这或许很可笑，但是，我更喜欢让你过豪华的生活而不是朴素的生活。”

“这样说，你不爱我了。”

“你疯了才说这样的话！”

“要是你爱我的话，你就会让我以我的方式来爱你。否则，你不过是仍旧把我看成一个奢靡成性的姑娘，而总觉得非得给我钱。你羞于接受我真诚爱情的证明。即使你，你也想着有朝一日要离开我，因此你小心翼翼把你的疑虑掩饰起来。你是对的，我的朋友，但是我曾经的希望比这要大得多。”

玛格丽特动了一下，想站起来，我拉住她说：

“我希望你快乐，希望你没有什么可以责备我的，仅此而已。”

“那么我们就要分手了！”

“玛格丽特，为什么？谁能分开我们？”我大声嚷道。

“你，你不肯让我了解你的处境，你要我保持我的虚荣心来使你的虚荣心得到满足；你想要我保持曾经的奢华生活，你想维持把我们分隔开的思想上的距离；是你，总之，你不相信我对你的爱情是无私的，足以和你同甘共苦，我们本来可以用你的这笔财产生活得很幸福，但是你却宁可把自己弄得倾家荡产，你这种偏见真是太根深蒂固了。你觉得我会把我们的爱情和马车、首饰相提并论吗？你觉得我会把虚荣当作幸福吗？一个心中毫无爱情的人可以满足于虚荣，可一旦有了爱情，虚荣就变得庸俗不堪了。你要替我偿还债务，花光自己的钱，最后由你来供养我。就算这样又能维持多久呢？两三个月？那时候再按我的方法去生活就太迟了，因为到那时你一切还得听我的，而一个堂堂男子汉是不屑于这样做的。现在你每年有八千到一万法郎的入账，有了这笔收入我们便能过日子了。我卖掉我多余的东西，这样每年就会有两千里弗尔收入。我们可以租一套漂亮的小公寓，两个人住在里面。夏天我们就去乡下避暑，不用住现在这样的房子，有一座够两个人住的小房子就可以了。你毫无牵挂，我也自由自在，我们还很年轻。看在上天的分上，奥尔马，不要让我再陷入从前那种迫不得已的生活。”

我无言以对，感激和爱情的泪水湿润了我的双眼，我扑到玛格丽特的怀抱之中。

“我原本想，”她接着说，“瞒着你把一切安排好，把我的债还清，叫人布置好我的新居。到十月，我们回巴黎的时候，一切都已就绪。但是，既然甫丽苔丝已经对你全盘托出了，那你就得事先同意，而不是事后默许。你能爱我到这般程度吗？”

如此的牺牲精神让人无法拒绝。我热烈地吻着玛格丽特的双手，对她说：

“我对你唯命是从。”

她所做的计划就这样说定了。

于是她欣喜若狂。她唱啊，跳啊，为她简朴的新居欢庆，我们已经商量好在哪个街区找房子和如何布置了。

我看到她为这个计划既高兴又自豪，仿佛这样一来我们就一定能使我们最终结合在一起。

对此我也不愿意欠她的恩情。

我瞬间对我的生活做出了决定。我对自己的财产做出了安排。我把得自母亲的钱赠给玛格丽特，可我觉得这笔钱远远不足以抵偿刚刚所接受的她的牺牲。

我还剩下父亲给我的每年五千法郎生活费，不管发生什么事情，有这笔资金作为生活费总该足够了。

我没有告诉玛格丽特我的安排，因为我深信她一定会拒绝这笔赠予的。

这笔年金是一座价值六万法郎的房子的抵押费，我从来没有见过这座房子。我只是知道每一季度，我父亲的公证人——我家的一位老朋友——都要交给我七百五十法郎而我只需要给他一张收据而已。

在玛格丽特和我回巴黎找公寓的那天，我去找了这位老朋友，问他我应该办哪些手续才能把这笔钱转让给其他人。

这个好心人以为我破产了，便问我为什么做出这个决定。因为迟早得告诉他这笔赠予的受惠人是谁，我倒不如马上告诉他实情。

作为公证人或者朋友，他当然可以向我提出异议，但他没有这么做，而是向我保证，他会负责尽力安排好一切。

我自然叮嘱他一定要对我父亲守口如瓶，随后我去找玛格丽特，她在朱丽・迪普拉家里等我。她宁可到朱丽家而不愿去听甫丽苔丝的教训。

我们开始到处找房子。我们所到过的地方，玛格丽特都觉得房租太贵了。我则觉得太简陋了。不过我们最后达成了一致意见，决定租巴黎最清静的街区之一的一间小屋，它是独立在主楼之外的。

在这所小房子后面还附有一个迷人的小花园，花园四周是高低适宜的围墙，既能隔开我们和邻居，又不至于阻挡我们看到美丽的风景。

这比我们预先的期望好多了。

我回家打算退掉以前那套公寓，在这期间玛格丽特去找一个经纪人，根据她说，这个人以前曾为她的一个女友办过她要托他办的事。

她欢天喜地地回到普罗旺斯街来找我。这个经纪人答应替她还清一切债务，把收据交给她，再给她两万法郎，作为放弃所有家具的补偿。

从出售的价钱来看，您不难看出这个正派人赚了他的主顾三万多法郎。

我们高高兴兴地动身回布吉瓦尔，同时继续谈论着未来的计划。由于我们无忧无虑，尤其是我们一往情深，我们看到前景金光闪耀。

一个星期以后，我们正在吃午饭的时候，拉尼娜忽然进来对我说，我的仆人要见我。

我让他进来。

“先生，”他对我说，“您的父亲已经到了巴黎，请您立即回家，他在家里等您。”

这个消息原本是一件再普通不过的事情，但是，玛格丽特和我听到后却面面相觑。

我们预感到大祸临头了。

因此，虽然她没有把我们不约而同产生的想法告诉我，我还是把手伸给她，回答说：

“什么也不用担心。”

“你尽可能早些回来，”玛格丽特拥吻着我喃喃地说，“我在窗口等你。”

我派约瑟夫去告诉我父亲我立刻就到。果然，两小时之后，我人已经在普罗旺斯街了。

第二十章

我父亲穿着室内便袍，坐在我的客厅里写信。从我进去时他抬眼看我的神情里，我立即明白他要谈非常严重的事情。

但我像没有猜透他的脸色那样，走上前去和他拥抱。

“您是什么时候到的，父亲？”

“昨天晚上。”

“您还是和往常一样，在我家里住宿吗？”

“是的。”

“我没有在家接待您，很抱歉。”

说完这几句话以后，我就等着父亲的训导，他冷冰冰的脸色向我预示了这种迹象。然而他一声不吭，封好他刚刚写好的那封信，交给约瑟夫寄出去。

待到屋子里只剩下我们两人时，父亲站起来，倚靠在壁炉上对我说：

“亲爱的奥尔马，我有些严肃的事情要和你谈。”

“我听着，父亲。”

“你能答应我实话实说吗？”

“我一向如此。”

“你在和一个叫作玛格丽特·戈迪尔的女人同居，真是如此吗？”

“是。”

“你知道她是一个怎样的女人吗？”

“一个受人供养的女人。”

“就是因为她，你今年才忘了来看我和你妹妹吗？”

“是的，父亲，我承认。”

“这样说来，你很爱这个女人啰？”

“这您一看就明白，父亲，正是因为她才使我耽误了履行必需的责任，所以我诚惶诚恐地请求您的原谅。”

我父亲一定没有预料到我会这样毫不含糊的回答，因为他好像沉吟了一下，然后对我说：

“你难道不明白你是不能一直这样生活下去的吗？”

“我有过这样的担心，父亲，但是，我不清楚为什么会这样。”

“但是你应该想到，”我父亲用一种更生硬的语气接着说，“我是不会容忍你这么做的。”

“我想只要我不玷污门风，辱没姓氏，我就可以过现在这样的日子，正是这些想法才使我安详度日。”

爱情和亲情进行着激烈的抗争。为了保护玛格丽特，我准备斗争到底，不惜反抗我的父亲。

“那么，如今到了改变你生活方式的时候了。”

“唉！为什么呢，父亲？”

“因为眼下你正在做败坏门风的事，而且你也认为应该维护门风。”

“我不明白您这些话的意思。”

“我这就和你解释，你有一个情妇，这非常好。你像一个风雅人士那样养着一个妓女，这好极了。但是为了她，你居然忘记了你最神圣的责任，你任由你的生活丑闻传到我们外省的家乡，玷污了我们家体现的门风，这就是不能容忍的，也不允许再出现的。”

“父亲，请听我说，那些搬弄是非的人并不了解我的情况。我是戈迪尔小姐的情人，我和她同居，这事极其平常。我并没有把得之于您的姓氏给戈迪尔小姐，我在她身上花的钱是我的收入所允许的，我也没有欠债。总之，我的所作所为没有任何一点值得您责备的。”

“看到儿子误入歧途，做父亲的总是有义务将他拉回正途。尽管你还没有做什么坏事，但你以后会做的。”

“父亲！”

“先生，我比你更明白人生。对于人生我总比你更有经验。只有真正圣洁的女人才能有真正纯洁的爱情。凡是芒努都会有一个德·格里厄，现在时代和风尚都变了。假如社会不能循序渐进，那么也只算得上是虚度岁月了。你必须和你的情妇分手。”

“很遗憾我不能顺从您，父亲，这是不可能的。”

“你必须得同意。”

“不幸的是，父亲，流放妓女的圣玛格丽特群岛已经消失了。而且即便存在，您又能把她押送到那儿去的话，我也会跟着她一起去的。您叫我有什么办法？也许是我错了，但是我只有在做这个女人的情人时才会感到幸福。”

“喂，奥尔马，你要睁开双眼看清楚，你得承认你父亲始终很爱你，一心期盼你能幸福。您像丈夫一样和一个人尽可夫的姑娘同居，难道觉得很体面吗？”

“只要以后不再有人占有她，父亲，那又有什么关系呢！只要那个姑娘爱我，只要我们因相爱而获得新生，总之，只要她改邪归正，那又有什么关系呢！”

“啊！奥尔马，如此说来，你认为一个重视荣誉的人，他的责任就是使妓女改邪归正吗？难道你认为上帝会把这样荒诞的使命给予人生吗？一个人心里难道不该有其他热情吗？你到了四十岁，这种不可思议的热情会有什么结果呢？对你今天所说的话又会做何感想呢？假如这种爱情在你过往的岁月中还没有留下太深的印记，假如到时你依然笑得出来的话，你自己也会为这种爱情觉得羞耻的。假如你的父亲以前也跟你想法一样，任凭他的人生受这种爱情冲动摆布，而不是凭借荣誉和正直的思想去成家立业的话，你如今又会是什么样的情况呢？你考虑一下吧，奥尔马，不要再讲这种蠢话了。好了，离开那个女人吧，你的父亲恳求你这么做。”

我一声不吭。

"奥尔马，"父亲继续说，"请看在你圣洁的母亲的份上，相信我，离开这种生活，你马上会遗忘它的，比你所想象的还要快得多。你对待这种生活的态度是行不通的。你已经夸大了你们的爱情，把它想象得太伟大了。你断送了一生的前程。再走一步你就会无法自拔，像陷入泥淖一样，一生都要为青年时期的失足而悔恨。走吧，去你妹妹那儿过上一两个月。休息和亲情的温暖很快就会医好你这种狂热的，因为这也只不过是一种狂热而已。

在这期间里，你的情妇也会聊以自慰的，她会再找其他情人。当你看到自己为了这样一个女人而几乎和你父亲闹翻，失去他的慈爱，你就会明白，我今天来找你是做得很对的，那时候你就会感激我的。

"好了，你会离开她的，奥尔马，是吗？"

我觉得父亲的话对所有其他的女人来说是适用的，但是我深信他的话不适用于玛格丽特。但是，他对我说的最后几句话的语气是那么温柔、哀求，我都不敢答他的话。

"怎么样？"他声音有点激动地问。

"不怎么样，父亲，我不能答应你什么，"我终于说，"您让我做的事超出了我的能力范围。请相信我，"我看见他做了个不耐烦的动作，便继续说道，"您把这种关系的后果看得太过严重了。玛格丽特并不是您想象的那种女人。这种爱情不但不会把我引入歧途，反而能够激发我身上最真挚的感情。真正的爱情始终是使人进步的，不管激起这种爱情的姑娘是什么人。如果您认识玛格丽特的话，您就会明白我不会有危险的。她像所有纯洁的女人一样冰清玉洁。别的女人有多么贪婪，她就有多么无私。"

"这倒并不妨碍她得到你的全部财产，因为你已经把你母亲留给你的六万法郎全都给了她。这六万法郎是你全部的财产，你千万要记住我对你说的话。"

我父亲或许有意最后讲这句威胁的话，当作给我的最后一击。

但是我面对威胁比在婉言恳求面前更加坚不可摧。

于是我继续说：“谁告诉您我要把这笔钱赠给玛格丽特？”

“我的公证人。一个上流社会有信誉的人能不通知我就办这么一件事吗？好吧，我正是为了不让你为了一个女人而做败家子才来巴黎的。你的母亲在临死的时候留下这笔钱给你，是让你体体面面地过日子，而不是要你在情妇面前摆阔的。”

“我向您发誓，父亲，玛格丽特不知道我的赠予。”

“那您为什么要这样做呢？”

“因为玛格丽特，这个受到您污蔑的女人，这个您要我抛弃的女人，为了和我在一起，牺牲了她拥有的全部。”

“而你当仁不让这种牺牲？那么你算是什么男人呢？先生，你居然同意这位玛格丽特小姐为你牺牲她的全部？好了，够了，你必须得离开这个女人。刚才我对你是恳求，现在是命令。我不允许在我家里发生这样的丑事。把你的行李打点好，准备跟我一起离开吧！”

“请原谅我，父亲，”我说，“我不离开。”

“什么？”

“因为我已经长大成人了，可以不服从您的命令了。”

听到我的回答，父亲的脸色变白了。

“很好，先生，”他又说，“我知道该怎么做了。”

他摇铃。我的仆人进来了。

“把我的行李送到巴黎旅馆去。”他对我的仆人说。同时走进他的卧室穿上衣服。

他出来时，我向他迎了过去。

“父亲，”我对他说，“您能否答应我不要做使玛格丽特难过的事？”

我的父亲停住脚，用轻蔑的目光盯着我，仅仅回答我说：

“我想你是疯了。”

然后他就出去了，使劲关上了身后的门。

我也跟着下了楼，搭上一辆双轮轻便马车回布吉瓦尔去了。

玛格丽特在窗口等着我。

第二十一章

“总算回来了！”她嚷着扑到我脖子上说。“你可回来啦！你的脸色多么苍白啊！”

于是我向她讲述了和父亲的争吵的场面。

“啊！天哪！我已料到了，”她说，“当约瑟夫来通知我们说你父亲来了的时候，我像听到大祸临头的消息般浑身瑟瑟发抖。可怜的朋友！都是我让你这么烦恼的。也许你离开我会比跟父亲闹翻更好一些。可是我丝毫也没有对不起他呀。我们安安生生地过日子，将来还会过得更加安分守己。他明明知道你需要一个情妇，我做你的情妇，他本该感到高兴的呀，因为我爱你，又不奢望超过你的境况所允许的享受。你有没有告诉他我们未来的计划？”

“讲过了，正是这让他火冒三丈，因为他在这个决定里面看到了我们相爱的证明。”

“那怎么办呢？”

“待在一起，我的好玛格丽特，让我们等待这场暴风雨过去吧。”

“会过去吗？”

“肯定会过去的。”

“可是你父亲会就此罢休吗？”

“你说他会做什么呢？”

“我怎么能知道呢？父亲为了逼迫儿子服从他的意愿，什么事都干得出来的。他为了让你离开我，会使你想起我过去的生活，也许还会赏脸给我，杜撰出一些新鲜事来。”

“你很清楚我爱你。”

“是的，但是我也知道你迟早还是会听你父亲的话的，最后你大概会被他说服的。”

“不会的，玛格丽特，最后会是我说服他。他是听了几个朋友的闲话，才大发雷霆的，但是他心地善良，为人正直，他会改变心意的。总而言之，这和我有什么关系呢！”

“不要这么说，奥尔马，我宁可忍辱负重，也不愿意别人以为是我怂恿你和你的家人决裂的。今天就这样吧，明天你就回巴黎去。你父亲会从他的角度做出考虑，就像你也会从你的角度考虑一样，也许你们会言归于好的。不要冒犯他的原则，装作对他的意愿做出让步，不要显得太依恋我，他就会让事情顺顺利利过去的。要乐观一些，我的朋友，要对这一点有信心：无论发生什么事，玛格丽特始终是忠于你的。”

“你向我发誓吗？”

“需要我向你发誓吗？”

听从意中人的规劝，是多么幸福甜蜜啊！玛格丽特和我两个人一整天都在反复谈论我们的计划，仿佛我们已经懂得了需要更快地实施这些计划。我们时刻都在预料会发生什么事，万幸这一天总算过去了，没有出现新情况。

第二天，我十点钟就出发了，中午时分来到饭店。那时，我父亲已经出去了。

我回到自己家里，希望他可能到那儿去了。然而没有人来过，我又去了公证人家里，没见人！

我再次回到饭店，一直等到六点钟，父亲还没有回来。

我又踏上了回布吉瓦尔的路。

我看到玛格丽特，她并没有像昨天那样等我，而是坐在炉火旁边，当时的季节已经需要生炉子了。

她沉浸在深深的思索之中，连我走近她的扶手椅她都没有听到，也没有回头。当我把嘴唇贴在她的额角上时，她哆嗦了一下，

仿佛是这一吻惊醒了她一般。

“你把我吓了一跳，”她对我说：“你父亲呢？你们谈得怎么样？”

“我没有见到他。我不知道到底是怎么一回事。无论在饭店里，还是在他可能去的地方，我都没有找到他。”

“好吧，那明天再去吧。”

“我想还是等他派人来找我吧。凡是我应该做的，我想我都做了。”

“不，我的朋友，这么做还远远不够。你一定要回去找你的父亲，特别是明天。”

“为什么非得是明天而不是其他的日子呢？”

“因为，”玛格丽特说，我看到她的脸色泛起红潮，“因为你要求得越是急迫，我们将越快得到原谅。”

这一天剩下的时间里，玛格丽特总是若有所思，忧心忡忡，心不在焉。为了得到她的回答，我对她说话，不得不说上两遍。我把她这种心事重重，归诸于这两天来发生的突如其来的事，让她对前途产生的担忧。

整个晚上我都在安慰她。第二天，她带着我无法理解的惴惴不安催促我动身。

和昨天一样，父亲不在饭店，但是他在出去的时候留给我一封信：

> 如果你今天又来看我，请等我到四点钟。如果四点钟我还没有回来，那么明天来跟我一起吃饭，我必须要跟你好好谈一谈。

我一直等到信上的时间——四点钟。然而父亲没有回来，我就走了。

昨天我发现玛格丽特愁眉苦脸，这一天我看到她焦躁不安，情绪异常激动。看到我进屋，她紧紧扑到我的脖子上，在我的怀里哭了很久。

我问她为什么突然如此悲伤，可是她看起来更伤心了，这使我感到惊慌不安。她没有告诉我任何说得过去的理由，她所说的话，全是一个女人不愿意说实情时所找出的借口。

等她心情稍微平静一些之后，我告诉了她这次奔波的具体情况。我又给她看父亲的信，依据信上所说的，我们可以期望有好结果。

看了这封信，又听到我的分析，她更是泪水涟涟，我不得不叫来拉尼娜。我们担心她精神上受了刺激，让这个只知道痛哭流涕而一言不发的可怜姑娘到床上躺下，但她握着我的手不停地吻着。

我问拉尼娜，在我出门的时候，她的女主人是否收到什么信，或者有什么客人来过，才让她变成这副样子。可是拉尼娜回答我说没有谁来过，也没有谁送过什么东西。

可是，从昨天起肯定发生过什么事，玛格丽特越是瞒着我，我越是感到忐忑不安。

傍晚，她看起来稍微平静了一些。她叫我坐在她的床畔，又长时间地对我重申她的爱坚如磐石。然后，她对我微笑，可是很勉强，因为不管她怎么克制，总是泪水盈眶。

我想方设法要她讲出伤心的真正原因来，但她翻来覆去地对我说一些我已经和您说过的那些模棱两可的理由。

她终于在我怀里睡着了，然而这种睡眠不仅不能使她的身体得到休息，反而只会摧残她的身体。她不断地做梦，又突然惊醒，等她确定我确实在她身边时，她就要我发誓永远爱她。

这样断断续续的痛苦一直延续到第二天早上，我丝毫不清楚是因为什么。接着玛格丽特迷迷糊糊地睡着了。她已经有两个晚上没有合眼了。

这次休息时间也不长。大约十一点钟的时候，玛格丽特醒了，看到我已站起身，她环顾四周，大声地说：

“这么说，你已经要走了吗？”

“不，”我紧握她的双手说，“但是我想让你再睡一会儿，时间还早着呢。”

“你打算几点钟去巴黎？”

“下午四点钟。”

“这么早？在这之前你会一直陪在我身边吗？”

“当然啦，我不是一直这么做吗？”

“真是太好了！我们一起去吃午饭好吗？”她不经意地说。

“要是你愿意的话。”

“然后一直到你离开，你都抱着我好吗？”

“好的，而且我会尽量早点回来。”

“你还会回来吗？”她用一种惊恐不安的目光看着我说。

“当然啦。”

“不错，今天晚上你一定得回来的，我会像平时一样等着你。你依然爱我，我们仍旧像相识以来那么幸福。”

这些话说得断断续续，她似乎一直有什么难言之隐，以至于我时刻害怕玛格丽特会陷入疯狂。

“听我说，”我对她说，“你病了，我不能这么丢下你不管。我要写信告诉父亲，让他不要等我了。”

“不！不！”她忽然嚷道，“不要这样，不然你的父亲会怪我的，在他想要见你的时候，我阻止你到他那里去。不，不，你必须得去，必须去！再说我也没有生病，我身体非常好。我仅仅是做了一个噩梦，我神志还没有彻底清醒过来呢。”

从这以后，玛格丽特强颜欢笑，她不再流泪了。

时间到了，我不得不走了，我拥吻她，问她是否愿意陪我去火车站。我希望散步可以使她心里感到宽慰，新鲜空气会对她的身体有好处。

我很想尽量和她多待一会儿。她同意了，穿上一件外套，和拉尼娜一起陪我去，免得回来时孤独一人。

多少次我简直都要决定不离开了。但是，那种快去快回的希望和担心引起父亲对我不满的顾虑支撑着我终于乘上火车离开了。

“晚上见，”在分手时我对玛格丽特说。

她默不作声。

她曾经有一次不回答我这句话。您还记得吧，有一次，德·G伯爵在她家里过了一夜。但是时间隔得太久了，我差不多已经不记得了。如果这时候我担心发生什么事，当然不再是担心玛格丽特在这方面欺骗我了。

到了巴黎后，我直接跑到甫丽苔丝家里，恳请她去探望玛格丽特，希望她的热情和活泼能让玛格丽特的心情好起来。

我没有让仆人传话便径直闯了进去，甫丽苔丝正在梳妆打扮。

“啊！”她惴惴不安地对我说，“玛格丽特没有和您一起来吗？”

“没有。”

“她身体还好吗？”

“她身体不舒服。”

“她今天不会来了吗？”

“她今天要来吗？”

托维奴瓦太太涨红了脸，有点窘迫地回答我说：

“我的意思是，既然您来了巴黎，难道她不来这儿和您会面吗？”

“她不来。”

我望着甫丽苔丝，她垂下双眼，从她的神情上可以看出她好像怕我赖着不走。

“我就是来邀请您的，亲爱的甫丽苔丝，如果您无事可做的话，请您今晚去看看玛格丽特。您去多陪陪她，还可以就在那里睡。我从来没有见过她像今天这般模样，我真的担心她要病倒。”

“今晚我要在城里吃饭，”甫丽苔丝回答说，“不能去拜访玛格丽特，但是明天我可以去看望她。”

我向托维奴瓦太太告辞，她几乎和玛格丽特一样心事重重。我到了父亲那里，他仔细端详了我一番。

他向我伸出手来。

“你两次来看我让我很高兴，奥尔马，”他对我说，“这使我生出了希望，你或许像我为你考虑一样也设身处地地为我考虑过了。”

“我能否冒昧地问您一下，父亲，您考虑的结果怎么样？”

“结论是：我的孩子，我过于夸大了别人传闻的严重性，我决定对你稍许宽容些。”

“您说什么，父亲！”我高兴地喊了出来。

“我说，亲爱的孩子，每个年轻人都有一个情妇，而且根据我所了解的情况，我倒宁愿你的情妇是玛格丽特小姐而不是其他人。”

“我亲爱的好父亲！您使我多么高兴啊！”

我们就这样谈了一会儿，然后一起吃了饭。整个晚餐期间，父亲看上去很亲切。

我急于想回到布吉瓦尔，告诉玛格丽特这个可喜的转变。我不停地望着墙上的挂钟。

“你在看时间，”父亲对我说，“你急于想离开我吗？噢！年轻人！你们总是这样，牺牲真挚的亲情去换靠不住的爱情。”

“不要这么说，父亲！玛格丽特爱我，我对这是确信无疑的。”

父亲没有吭声，他似乎既不怀疑，也不相信。

他再三坚持要我和他一同度过那个夜晚，第二天再走，但是我告诉他，我撇下玛格丽特时她正在生病。我请求他答应我早些回去看她，并答应他第二天再来。

那晚光风霁月，他要一直陪我到站台。我从来没有如此神清气爽过。我长久以来所追求的生活终于展现在我眼前了。

就在我要动身的时候，他再次要我留下来，可是我拒绝了。

“看起来，你果然很爱她啰？”他问我。

“爱得发疯。”

“那么你就走吧！”他用手抹了一下前额，好像要驱走一个什么念头，然后张开嘴，仿佛要跟我说什么似的。但是他只是握了握我的手，突然地走了，一边冲我大声喊道：

“好吧，明天见！”

第二十二章

我觉得火车仿佛没有开动一般。十一点钟的时候，我回到了布吉瓦尔。

房子里没有一扇窗户有亮光，我拉铃，却没有人回应。

我还是第一次遇到这种情况。后来园丁总算出现了，我走了进去。

拉尼娜手拿一盏灯向我走过来。我进了玛格丽特的房间。

“夫人呢？”

“夫人去巴黎了，”拉尼娜回答道。

“去巴黎了？”

“是的，先生。”

“什么时候去的？”

“您走以后一个小时。”

“她没有什么话留给我吗？”

“没有。”

拉尼娜离开了。

“她可能有什么担心，”我想，“也许去巴黎是为了证实我对她说去找父亲是否只是一个借口，为的是得到一天的自由时间。”

“说不定甫丽苔丝有什么要事写信给她，”当剩下我单独一人的时候，我心想，“可是我在巴黎见过甫丽苔丝，在我们的谈话中，我一点也听不出她给玛格丽特写过信的意思。”

骤然间我想起了当我对托维奴瓦太太说玛格丽特生病时，她问了我一句话："那么说，她今天不会来了吗？"这句话似乎泄露了他们有约会，同时我又想起了我打量她的时候，甫丽苔丝的神态很尴尬。除此之外，我又回想起玛格丽特整天以泪洗面。只是后来由于父亲对我笑脸相迎，这才让我把她的哭泣给忘了。

从这时起，发生在这一天之内的全部事情，都围绕着我产生的第一个怀疑，这种疑惑在我的脑海里越来越坚定，所有一切，一直到父亲对我的宽容大度都证实了我的怀疑。

玛格丽特差不多是逼着我到巴黎的，我一提出要留在她身边，她就假装平静下来。我是不是落入了什么圈套？玛格丽特欺骗了我吗？她是否本来打算要及时赶回来，不让我发现她曾去过巴黎，但由于发生了什么偶然的事把她拖住了呢？为什么她只字不对拉尼娜提及，又不写几个字给我呢？这些哭泣、她的走，这些神乎其神的事情究竟意味着什么呢？

我在这间空荡荡的屋子里，惶恐不安地思考着这些问题。我目不转睛地盯着墙上的挂钟，时间已经到了半夜。仿佛在告诉我，时间已经太晚了，我没希望看到我的情妇回来了。

可是，不久之前我们刚安排了今后的生活，她做出牺牲，我也接受了。难道她真的在欺骗我吗？不会的，我竭力要摒弃我刚才的那些假想。

"这个可怜的姑娘也许是为她的家具找到了一个买主，她到巴黎洽谈去了。她不想事先让我知道这件事，因为她知道，尽管这次卖掉家具对于我们未来的幸福生活十分必要，而且我也同意了，可是这对我来说依然很难堪。她怕对我明说了会伤我的自尊心和脉脉温情。所以她宁愿待一切办妥了之后再重新露面。显然甫丽苔丝就是为了这件事在等她，而且在我面前露了馅。大概今天玛格丽特还不能完全办妥这件事，留在甫丽苔丝家里。兴许她一会就会回来，因为她应该想到我会焦虑不安，肯定不会把我就这样丢在家里不管的。

"可是，她为什么总是泪流不止呢？不用说，是因为尽管她很爱我，可是这个可怜的姑娘舍不得放弃奢华的生活，不能不哭哭啼啼。现在她已经过惯了这种生活，舒舒服服的，别人也羡慕不已。"

我非常能谅解玛格丽特这种留恋不舍的心情。我焦躁不安地等着她回来，我要好好地把她吻遍，并对她说，我已猜到她为什么神秘出走了。

然而，夜深人静了，玛格丽特仍然没有回来。

我越来越感到焦急不安，心越收越紧。她不会出了什么事吧！她会不会受了伤，病了，死了！也许我会马上就看到一个报信的人来宣布什么噩耗！兴许一直到天亮，我依然陷在这捉摸不定和担惊受怕之中！

玛格丽特的出走让我惶恐不安，在我提心吊胆地等待她时，她会不会欺骗我呢？这样的想法不再在我脑海出现。一定是有一种身不由己的原因拖住了她，让她无法回到我的身边。我越想，越相信是这种原因。噢，人的虚荣心啊！你的表现方式真是千变万化。

一点刚刚过。我心想，我再等她一个小时，但是，要是到了两点钟玛格丽特还没有回来，我便动身去巴黎。

在等待的这段时间里，我找了一本书看，因为我不敢多想。

《芒努·莱斯科》翻开在桌子上。我觉得书页上有许多地方都被泪水濡湿了。看了一会儿之后，我又合上了书。因为我疑虑重重，书上的字母对我来说毫无意义。

时间在慢慢地流逝，天空中乌云密布，一阵秋雨不断地抽打着玻璃窗。我不时地觉得空荡荡的床铺看上去好像一座坟墓。我不由得害怕起来。

我打开门，侧耳细听，除了树林里呜呜的风声外什么也没听到。马路上车辆绝迹。教堂的钟凄惨地敲响了半点钟。

我反而害怕有人进来了。我感觉在这种时候，在这样阴森的天气里，绝不会是什么好事来找我。

两点钟敲过了，我再等了一会儿。唯有墙上时钟那单调而有节奏的滴嗒声打破寂静。

然后我离开了这个房间，由于内心的孤独和不安，我感觉连这个房间里最小的物件也都蒙上了一层忧郁的色彩。

在隔壁的房间里，我看见拉尼娜趴在她的活计上面睡着了。听到门的响声，她惊醒了，问我是否是她的女主人回来了。

“不是的。不过，要是她回来了，你就和她说，我实在是放心不下，去巴黎找她了。”

“现在这种时候去吗？”

“是的。”

“可怎么去呢？现在叫不到马车了。”

“我步行去。”

“可是在下雨呢。”

“我不在乎。”

“夫人会回来的，再说即便她不回来，等到天亮以后去看她被什么事耽搁了，也来得及呀！您这样在路上是很危险的。”

“不会有危险的，亲爱的拉尼娜，我们明天见。”

这位忠厚的姑娘拿来我的大衣，帮我披在肩上，劝我去叫醒阿尔努大妈，向她打听能否弄到一辆马车。但是我拒绝了，深知这会劳而无功而且这样一来所费的时间比我赶一半路的时间还要多。

况且我需要新鲜空气和肉体疲惫，因为疲惫可以消除我当时过度亢奋的心情。

我带上安泰街那套公寓的钥匙。拉尼娜一直送我到栅栏门口，我向她告别以后就走了。

刚开始我一路小跑，因为地上刚被雨水打湿，泥泞难行，我觉得加倍疲劳。这样跑了半小时之后，浑身都水淋淋的，我不得不停了下来，休息了一会儿，又继续赶路。夜色漆黑，伸手不见五指，我得时时刻刻提防着撞到路旁的树木，这些树突兀地呈现在我的面前，就像一些向我冲过来的巨大的幽灵。

我碰到一两辆运货马车，一会儿就把它们甩到了身后。

一辆敞篷四轮马车向布吉瓦尔方向疾驰而来。当这辆马车在我面前掠过的时候，希望突然萌生在我心头：玛格丽特就坐在里面。

我停下来喊道：“玛格丽特！玛格丽特！”

可是没有人回答我，马车依旧继续赶路。我看着它渐行渐远，我继续朝前走。

我花了两小时才到达星形广场[①]的栅栏处。

看到巴黎时我又充满了力量，我沿着那条走过无数回的长长的林荫道奔跑了下去。那天晚上，路上空无一人，我感觉自己如同在一个死去的城市里漫步。

天逐渐破晓了。

我刚到达安泰街的时候，这座大城市还未彻底苏醒，但已经开始了骚动。

当我来到玛格丽特那座住宅的门口时，圣罗克教堂的大钟正敲响五点钟。

我把我的名字告诉门房，他以前至少得到过我二十法郎的金币，而且知道我有权在清早五点钟来到戈迪尔小姐家里。所以我毫无阻拦地就进去了。

我原本可以问他，玛格丽特是否在家，但是他很可能会告诉我不在，所以我宁可再疑惑两分钟，因为即使在猜疑，总还是有一线希望存在。

可是什么声音也听不到，静得仿佛乡下一样。我推开门走进去，所有的窗帘都掩得严严实实的。

我拉开餐室的窗帘，一抹微弱的亮光照了进来。我飞快地奔向大床，床上什么都没有。

我一扇一扇地打开门，仔细察看了全部房间。

空无人影，我简直要发疯了。

我来到梳妆室，打开窗户，连叫了好多声甫丽苔丝，然而托维奴瓦太太的窗户却一直紧闭着。

于是我下楼去问门房，我问他："戈迪尔小姐白天是不是来过这？"

"来过，"这个人回答我，"和托维奴瓦太太一起来的。"

"她有没有留给我一些话？"

"没有。"

"你知道她们后来做了些什么吗？"

① 在凯旋门周边的广场。

“她们坐马车走了。”

“什么样的马车？”

“一辆豪华的双座四轮轿式的私人马车。”

这一切究竟是怎么回事？

我按响隔壁房子的门铃。“您找哪一位，先生？”门房开门后问我。

“我要找托维奴瓦太太。”

“她还没有回来。”

“您确定吗？”

“是的，先生。这儿还有一封信，是昨天晚上刚刚送到的，我还没有交给她呢。”

门房拿着一封信让我看，我禁不住朝那封信瞄了一眼。我一眼就认出是玛格丽特的笔迹。

我接过信，信封上写道：

烦请托维奴瓦太太转交给狄沃尔先生。

“这封信是写给我的，”我告诉门房，指给他看信封上的名字。

“您就是狄沃尔先生吗？”门房问道。

“是的。”

“啊！我认识您，您经常来托维奴瓦太太家里。”

一到街上，我就迫不及待地拆开了这封信。

即便雷劈到我脚下，也不会比读到这封信更让我觉得惊骇。

在您看到这封信的时候，奥尔马，我已是另一个男人的情妇了。也就是说，我们之间所有都结束了。

回到您父亲的身边吧，我亲爱的朋友，回去看看您的妹妹吧，她是一个圣洁善良的姑娘，她对我们这些人的悲苦一无所知。在她身边，您会很快忘记那个叫作玛格丽特·戈迪尔的妓女使您遭受的痛苦。她曾经一度享受过您心甘情愿的爱情，她这辈子仅有的幸福日子就是您带给她的，眼下她希望她屈指可数的生命早点结束。

当我读到最后一句话时，我感觉我快要发疯了。

有一会儿我真怕要倒在街上了。我眼前掠过一片云翳，热血在我的太阳穴里突突地跳动。

后来我稍许振作了一些，环顾一下四周，看到别人并不关心我的不幸遭遇，而继续自己的生活，我不免惊异极了。

我确实不够坚强，我独自一人难以承受玛格丽特给我的打击。

这时我想到我父亲正和我在同一座城市里，再过十分钟我就可以回到他身边，而且他会替我分担痛苦，不管这种痛苦缘于什么。

我像疯子一样向前奔跑，一直来到巴黎饭店。看见父亲的套房门上挂着钥匙，我打开门走了进去。

他正在看书。

看到我出现在他面前，他并不怎么吃惊，好像正在等着我似的。

我一言不发，一头扑到他怀里，给他看玛格丽特的信。任凭自己跌倒在他的床前，我热泪纵横地痛哭起来。

第二十三章

当生活中的一切回到正轨的时候，我无法相信新的一天对我来说，跟以前的日子会有什么两样。很多时候我总以为发生了什么我已经记不起来的事情，使我没能留在玛格丽特家里过夜，然而假如我回到布吉瓦尔的话，就会看到她像我一样焦灼不安地等待，她会问是谁把我绊住了，使她望眼欲穿，独守空房。

当生活中产生了爱情，而且习以为常以后，再想要打破这种爱情，而不损害生活中的其他精力，几乎是不可能的。我不得不常常重读玛格丽特的信，好让自己确定不是在做梦。由于受到精神上的刺激，我的身体差不多已经支持不住了。我心中的忐忑，夜里的奔波，还有早晨的消息，这一切都让我精疲力竭。我父亲趁我极其衰弱的时候要我明确地答应和他一起离开巴黎。

我为父命是从。我没有力量来进行一场争辩，在刚刚遭遇那些事情以后，我需要一种真挚的爱来帮助我活下去。

父亲十分愿意来医治我的悲恸，让我感到分外幸福。

我能记起来的就是那天大概五点钟左右，他让我和他一起登上一辆驿车。他叫人替我打点好行李，和他的行李一起捆在马车后面，一句话也没有跟我说就把我带走了。

我怅然若失，当城市渐渐地消失在地平线上，旅程的寂寞又勾起我心中的空虚，我才对自己的行动有所感觉。

这时我又热泪盈眶。

父亲心里明白，任何言辞，即使是他说的也无法安慰我。他默不作声，随我去哭，有时只是握一下我的手，仿佛在提醒我有一个他这样的朋友在身边。

晚上我睡了一会儿，梦见了玛格丽特。

我突然惊醒了，不明白我为什么坐在马车里。

然后我又回想起了现实情况，我的脑袋垂在胸前。

我不敢和父亲交谈，我总是担心他对我说：

“我始终是否定这个女人的爱情的，你看我说对了吧。”

他倒没有得寸进尺。我们到了C城，一路上他除了跟我讲些造成我离开巴黎的原因毫无关系的话之外，没有说起别的什么。

当我抱着我的妹妹时，我突然想起了玛格丽特信里提及的和她有关的话，但是我旋即懂得了，不论我的妹妹有多好，她也无法使我忘掉我的情妇。

狩猎季节开始了，我的父亲觉得这是给我解闷的好机会。所以他跟邻居和朋友们组织了几次打猎活动。我参与了。我既不反感，然而也没什么热情，一副漠不关心的模样。自从我离开巴黎之后，我的一切行为都是无精打采的。

我们进行围猎，他们分派好我的位置，我就把卸掉了子弹的猎枪放在身边，陷入了思考。

我看着浮云飘过，让自己的思绪驰骋在寂寥的原野上，我偶尔听到有猎手在召唤我，告诉我有一只野兔在距我十步远的地方。

所有这些细枝末节都没有逃过我父亲的眼睛，他可没被我表面的平静所蒙蔽。他完全清楚，无论我的心灵受到了多么大的刺激，迟早会产生一种可怕的、甚至危险的反作用。因此，他一方面尽量装着并不急于安慰我，另一方面殚精竭虑地给我消解烦闷。

我的妹妹自然不清楚所有这些事，但是她捉摸不透这个一向开朗快活的我，为什么一下子变得这么抑郁寡欢，心事重重。

有时候，我正在黯然神伤，无意中发现父亲忧心忡忡地望着我，我伸手过去握紧他的手，仿佛在默默无语地要求他的原谅，我无意间给他造成了痛苦。

一个月就这么过去了，然而我已经无法忍受下去了。

玛格丽特的形象不断出现在我的脑海。我以前，一直到现在都深爱着这个女人，根本不可能一下子把她抛诸脑后。我或者爱她，或者恨她，特别是不管是爱她还是恨她，我必须再见到她，而且要马上见到她。

这个愿望产生在我的脑际，就地生根，来势汹涌，而且最终在我那久无生气的躯体里流露出来。

我想要见到玛格丽特，不是在将来，也不是再等一个月，或者一个星期之后，而是在我有了这个想法的第二天我就要见到她。所以我告诉父亲，我要暂时离开他，巴黎有些事等着我去处理，不过我会尽快回来的。

他肯定猜到了我要离开的原因，因为他坚持让我留下。可是，看到我满腔的恼火一触即发，如果不实现这个愿望，也许就会产生灾难性的后果。他便拥吻了我，几乎噙着眼泪要求我尽快回到他的身边。

在到巴黎之前，我一直睡不着觉。

到了巴黎，我要干些什么呢？我一无所知，当然当务之急是要先找到玛格丽特。

我在家里换好衣服，因为天气晴朗，而且时间还允许，我就去了香榭丽舍大街。

大约过了半个小时，我远远看到玛格丽特的马车从圆形广场向协和广场赶来。

她的马和车已经赎回来了，车子还是照旧。不过她却没有在车上。

我注意到她没在车上，于是就望了一眼四周，我看到玛格丽特正由一个我从来没有见过的女人陪伴着走了过来。在经过我身旁的时候，她的脸色煞白，抽了一下嘴唇，浮现出一种神经质的笑容。而我呢，我的心脏在剧烈地冲击着我的胸膛。但是我总算还保持了冰冷的脸色，冷冷地向我过去的情妇弯了弯腰打了个招呼，她几乎立刻同她的女友一起上了车。

我了解玛格丽特。这次不期而遇一定让她心潮难平。很显然，她一定知道我已经离开了巴黎，因此她对我们关系破碎之后的后果毫不在意。然而当她看到我重新返回，而且迎面撞上，而我的脸色又如此苍白，她一定知道我这次回来的目的。她一定在寻思以后会发生些什么事情。

假如我看到玛格丽特身处逆境，而我可以给她一些援助来满足的我的报复心，那样我也许会原谅她，一定不会考虑让她吃什么苦头。然而我看到她看上去很幸福，至少表面上是如此。已经有别人取代了我，还给了她那种我不能使她继续保持的豪华生活，而我们关系的破裂是她一手造成的，而且带有卑鄙的利害关系的性质。我的自尊心和爱情都受到了羞辱，所以势所必然，她必须为我遭受的痛苦付出代价才行。

我不能对这个女人的所作所为漠然视之。最能使她受到伤害的也莫过于我的无动于衷，因此，不但在她面前，而且在众人面前，我都必须假装若无其事。

我尽力装出一副笑脸，去了甫丽苔丝家。

她的女仆传话说我来了，并让我在客厅里稍等片刻。

托维奴瓦太太终于出现了，带我到她的小客厅里。正当我要坐下的时候，我听见客厅里传来开门的声音，然后地板上响起了一阵轻微的脚步声，之后楼梯平台上的门猛地关上了。

“我打扰您了吗？”我问甫丽苔丝。

“丝毫没有，玛格丽特刚刚在我这儿。她一听到通报是您来了，就溜掉了，刚刚出去的就是她。”

“如此说来，她现在怕我了？”

“不是的，她是担心您看到她心里会不痛快。”

“这又是为什么呢？”我激动地透不过气来，一面竭力地呼吸，“可怜的姑娘为了重新得到她的马车、家具和钻石而离开了我，她这么做是对的，我不应该去怨恨她。今天我已经遇到她了。”我漫不经心地补了一句。

“在哪儿？”甫丽苔丝问，她打量着我，好像在揣摩眼前这个人是否是她过去认识的那个温柔缱绻的人。

“在香榭丽舍大街上，她和另外一个十分漂亮的女人在一起，这个女人是谁呀？”

“什么样子的女人？”

“头发金黄色，鬓发卷曲，身材窈窕，眼睛蓝色，十分华贵雍容。”

“啊！她是奥林普，确实是一位十分漂亮的姑娘。”

“她现在和谁在一起？”

“没有和谁，但同样是人尽可夫。”

“她住哪儿？”

“特隆歇街……号，哦！原来是这样，您准备打她的主意吗？”

“谁知道将来的事呢。”

“那么玛格丽特呢？”

“要是说我完全不想念她，那是撒谎。可是，我这个人很重视分手的方式。玛格丽特那么轻率地打发了我，这让我觉得我以前对她那么多情，简直太傻了，因为我曾经的确很爱这个姑娘。”

您猜得出我是竭力用怎样的声调来说这番话的：我的额角上渗出了汗珠。

“她很爱您，的确，并且她始终都爱着您。今天她遇到您之后，马上就来告诉我了，这就是证据。她来的时候浑身颤抖，仿佛生了病一样差不多要晕过去。”

“那她都和您说了些什么？”

“她和我说：‘他肯定会来看望您的。’她恳请我转达，请您原谅她。”

“我早就原谅她了，您可以这么和她说。她是一个好心肠的姑娘。她如此对待我，我本来是早就该料到的。我甚至还很感激她的决心，因为今天我还一直在思考，要与她永不分离的想法会拖累我们到什么地步。那时候我简直疯了。”

“要是她知道您已经和她一样觉得不得不这么做，她一定会非常开心。她当时离开您正是时候，亲爱的。她以前提过要把家具卖给她的经纪人，可这个混蛋却找到了她的那几个债主，问玛格丽特究竟欠他们多少钱，这些债主恐慌起来了，准备过几天就进行拍卖。”

“那么现在呢，债都还清了吗？”

“差不多还清了。”

“是谁出的钱？”

“是德·N伯爵。哦！亲爱的！有些男人生来就是专门干这一行的。总之，他给了两万法郎，他终于达到了他的目的。他很明白玛格丽特并不爱他，可是，这并不妨碍他对她好。您已经看到了，他替她买回了马车，赎回了她的首饰。给她的钱和公爵以前给她的一样多。如果她想清清静静地过日子，这个人倒是可以过下去的。”

“她在做什么？她一直都住在巴黎吗？”

“自从您走了之后，她无论如何都不愿意回到布吉瓦尔。她的全部东西还是我去那儿收拾的，甚至还有您的东西。我把它们另外打了一个包裹，回头您可以叫人取走。您的东西都全了，除了一只印着您名字开头字母的小皮夹子。玛格丽特想要，把它带回了家。如果您非要不可的话，我再去问她要回来。”

“让她留着吧，”我嘟嘟囔囔地说，因为再想到那个我们曾如此幸福地生活过的村子，又想到玛格丽特一心要留下我的一样东西作为纪念，我不禁感到一阵伤感。

如果她在这个时候进来的话，我也许会跪倒在她的脚下，要报复她的决心便会化为乌有。

“另外，”甫丽苔丝接着说，“我从来没有看到她像眼下这般模样，她简直不需要睡觉，她到处参加舞会，吃夜宵，甚至有时候还喝个半醉。最近一次吃过夜宵之后，她在床上躺了整整一个礼拜，医生刚允许她起床，她就又开始不要命地过这种生活了。您想去看看她吗？”

“何必呢？我是来看您的，因为您一向对我很友好，而且我认识您还早于认识玛格丽特。多亏有您，我才成了她的情人。也正是因为您，我才不再是她的情人了，是这样吧？”

“啊！自然的，我千方百计地让她离开您。我想，以后您不会怨恨我什么的。”

“如此我就要加倍地感激您了，”我站起来又继续说：“因为我厌恶这个女人，她把我对她说的话太当真了。”

“您要走了吗？”

“是的。”

我已经了解的足够了。

“何时能再见到您呢？”

“不久吧！再见。”

“再见。”

甫丽苔丝一直送我到门口。当我回到家之后，眼里含着愤怒的泪水，心中怀着复仇的渴望。

如此说来，玛格丽特真的和其他的妓女一样啦，她过去对我的深沉的爱情还是敌不过她对往昔生活的欲望，敌不过对马车和欢宴的需要。

这就是晚上我夜不能寐，心中的所思所想。要是我真能像我所伪装出来的那么冷静，心平气和地思索，我就可以在玛格丽特的新的喧闹生活中，看出她希望以此来摆脱一个纠缠不休的念头，消除一种不断出现的回忆。

不幸的是，那种邪恶的念头一直主宰着我，我一心想找到一个折磨这个可怜的女人的方法。

噢！男人在他那狭隘的爱情受到伤害之后，会变得多么渺小、卑鄙和易怒啊！

我见到过的那个和玛格丽特一起的奥林普，假如她不是玛格丽特的女友的话，那她至少也应该是她回到巴黎之后来往最密切的人。奥林普正要举办一个舞会，所以我料到玛格丽特也会参加，于是我想方设法弄到了一张请柬。

当我怀着悲伤又激动的心情来到舞会时，舞会已经十分热闹了。大家跳着舞，甚至有人还在叫喊。在一次四对舞里，我看到玛格丽特在与德·N伯爵跳舞，德·N伯爵对自己能炫耀这样一位舞伴而显得洋洋自得，仿佛在对大家说：

“这是属于我的女人！”

我背靠着壁炉，正好面对着玛格丽特，我一动不动地看着她跳舞。她一看见我就慌了手脚。我看着她，满不在乎地用手势和眼神和她打了个招呼。

我想到舞会结束以后，陪着她走的人不再是我，而是这个有钱的傻瓜，我又假想他们到了她家里之后要发生的事儿。这时血涌上了我的脸，我要破坏他们的爱情。

女主人玉洁冰清的肩膀和迷人的胸脯全都展现在所有宾客的面前，在四对舞之后，我走过去向女主人致意。

这个姑娘很漂亮，从体形上来看，她比玛格丽特还要美丽。当我跟奥林普说话的时候，从玛格丽特向她投过来的目光可以清楚了解这一点。男人做了这个女人的情夫，就可以像德·N伯爵一样觉得骄傲，而且她的姿色也足以和曾经在我身上引起的爱慕的玛格丽特相媲美。

她那个时候还没有情人，要做她的情人很容易，只要花钱摆阔，引她青睐就行了。

我下定决心一定要让这个女人成为我的情妇。

于是我一边和奥林普跳舞，一边开始扮演起追求者的角色。

半个小时以后，玛格丽特的脸色苍白得仿佛死人一样，她披上皮大衣，匆忙离开了舞会。

第二十四章

这已经够她受得了，但还不够。我明白我有控制这个女人的能力，我卑劣地滥用了这种能力。

如今我想到她已经去世了，我扪心自问上帝是不会原谅我给她带来的伤害的。

夜宵时嘈杂吵闹，吃完以后我们就开始赌钱。

我待在奥林普旁边，我下注的时候十分大胆，成功引起了她对我的注意。一会儿的时间，我就赢了一百五十至二百路易。我把这些钱摊在她面前，她目光灼灼地盯着这些钱。唯有我一人没有把全部的注意力放在赌博上，而是在悄悄留心她的反应。剩下的时间我一直在赢钱。我给她钱让她去赌，因为她已经输光了她的钱，也许她手里所有的钱也都输光了。

凌晨五点钟大家各奔东西了。

我赢得了三百路易。

所有的赌客都已经下楼了，谁都没有发觉唯有我留在后面，那些客人里面没有一个人在意，因为那些客人都不是我的朋友。

奥林普亲自为宾客照亮楼梯，当我正要像大家一样下楼时，突然，我又回到她身旁告诉她说：

“我要和您谈谈。”

“明天吧！”她回答我说。

“不，就现在。”

“您要和我谈些什么呢？”

“您即刻就会知道的。”

我又回到了房间里。

“您输了。”我对她说。

“是的。”

“您把手里的钱全都输光了吧？”

她踌躇着没有说话。

“坦率些，说实话吧！”

“好吧，就是这样。”

“我赢得了三百路易，都在这里，我只希望您能够让我留下来。”

说完，我把金币扔在桌子上。

“您为什么要这么做？”

“当然是因为我爱您呀！”

“不是这样的，是因为您爱玛格丽特，您是想通过做我的情人来报复她。像我这样的女人是不会上当受骗的，亲爱的朋友。不幸的是，我还很年轻，又长得漂亮，接受您提出的要我扮演的角色是不合适的。”

“如此说来，您要拒绝啰？”

“是的。”

“难道您宁可心里爱我又让我一无所获吗？那样的话我是不会接受的。好好考虑一下吧，亲爱的奥林普。本来我可以派一个人来，带着我的条件来给您送上这三百路易，这样您就会接受。但是我还是喜欢直接和您面谈。接受吧，别管是什么促使我这么做。您要知道您是十分漂亮的，我爱上您是不足为奇的。”

玛格丽特和奥林普一样都受人供养，但我第一次见到她时，决不会对她说出刚才我对这个女人说的这些话。因为我爱玛格丽特，因为在她身上有这个女人身上所缺少的天性。甚至在我跟她谈论这笔交易之时，虽然奥林普有绝色之美，但这个和我谈成交易的女人仍然令我倒胃口。

当然，最终她还是接受了。中午，当我从她家里出来时，她已经是我的情妇了。为了我给她的六千法郎，她认为不得不好好地和我温存，对我情话绵绵，但是在我离开她的床时，就把这一切抛诸脑后了。

然而，也有人为了这个女人而倾家荡产。

从这一天开始，我每时每刻都让玛格丽特忍受着折磨。奥林普不再和她来往了，原因您很容易理解。我送了一辆马车和首饰给我的新情妇，我又去赌钱，最后我就像每个爱上如奥林普那样女人的男人一样做遍了必然会做的荒唐事。我有了新欢的消息很快就不胫而走。

连甫丽苔丝也上了当，她终于也相信我已经把玛格丽特完全忘却了。而对于玛格丽特来讲，要么她已经揣测到了我这么做的动机，要么她和其他人一样受骗了，她用高度的自尊心来对付我每天带给她的伤害。可是，她看起来很痛苦，因为不管我在哪里遇到她，看到她的脸色总是越来越苍白，越来越悲伤。我对她的爱情过分强烈，强烈到变成了仇恨，见到她每天都这么痛苦，我幸灾乐祸。有几次在我卑劣而残酷地折磨她时，玛格丽特向我投来苦苦哀求的眼神，于是我不禁对自己扮演的那种角色感到脸红，我简直想恳求她原谅。

但是这种内疚的心思转瞬即逝。而奥林普最终将自尊心撇向一旁，她知道只要让玛格丽特受折磨，就能够从我那儿得到所有她需要的。她不断地挑拨我和玛格丽特作对，一有机会就伤害玛格丽特，和有男人撑腰的女人一样，而且手段非常之卑劣。

玛格丽特最后终于不再参加舞会，也不去剧院看戏了，她生怕在那儿碰到奥林普和我。这时候，我就开始写匿名信，只要是见不得人的事，都栽到玛格丽特身上，怂恿奥林普去散布，我自己也去散布。

只有疯子才做到这一步。那时候我精神兴奋，仿佛一个灌饱了劣酒的醉汉一样，很可能手里在犯罪，脑子里却觉得没有什么。在这么做的时候，我内心异常痛苦。面对我的这些挑衅，玛格丽特的态度是安详而不轻蔑，尊严而不鄙视。这使我觉得她远高于我，也促使我对她更加恼怒。

有一天晚上，不知道奥林普去哪儿的时候碰到了玛格丽特。这一次玛格丽特没有饶过侮辱过她的蠢女人，一直到奥林普必须让步。奥林普回来的时候怒气冲冲，而晕倒了的玛格丽特则被人抬走了。

奥林普回来之后，告诉了我刚才事情的经过，她对我说，玛格丽特见到她单身一人就想报仇，因为她做了我的情妇。她让我必须得写信给玛格丽特，跟她说以后无论我是否在场，都要尊重我爱的女人。

不用和您多说，我同意了这么做，我把凡是我能找到的挖苦的、侮辱的和刻薄的话，都写到信里去了，而我当天就把这封信寄到了玛格丽特家里。这次打击太厉害了。这个可怜的女人不能再忍气吞声地逆来顺受了。

我早就猜到我肯定会收到她的回信的，于是我决定整天闭门不出。

大约下午两点钟，有人拉门铃，我看到甫丽苔丝走了进来。

我竭力装出一副若无其事的模样，问她来找我有何贵干。可是这次托维奴瓦太太脸上却挂着笑容，她用一种委实激动的声调对我说，自从我回到巴黎之后，也就是说大约三个星期以来，从来没有放过一次折磨玛格丽特的机会，致使她生病了。昨晚的那场风波和今天早上的信促使她病倒在床。

总之，玛格丽特没有责备我，却托人向我求情，说她精神和肉体上再也忍受不了我对她的打击。

“戈迪尔小姐把我从她家里打发走。”我告诉甫丽苔丝说，“那是她的权力，可是，她要侮辱我爱的女人，并且借口说这个女人成了我的情妇，这是我无法允许的。”

“亲爱的朋友，”甫丽苔丝对我说，“您受到一个既没有心肝又没有头脑的姑娘的怂恿。您已经爱上了她，确实是这样，但这不能成为可以欺侮一个无法自卫的女人的理由呀。“告诉戈迪尔小姐让她的德·N伯爵来见我，就可以势均力敌了。”

“您很清楚她是不会这么做的。因此，亲爱的奥尔马，就让她得到安宁吧！要是您看到她今天的模样，您会因为您对待她的方式而羞愧不已的。

她脸色惨白，不断咳嗽，她剩下的日子不多了！”

甫丽苔丝向我伸出了手，另外补充了一句：

“去见见她吧，您来看她，会让她很高兴的。”

“我不想遇到德·N先生。”

“德·N先生不会在她家里的。她无法忍受他那样的人。”

“要是玛格丽特一定要见我，她知道我住在哪里，让她自己过来好啦！我绝不可能踏入安泰街的。”

“那您会好好接待她吗？”

“一定周到地接待。”

“好吧，我可以确定她会来的。”

“让她来吧。”

“您晚上出去吗？”

“我整晚都会待在家。”

“我去和她说。”

甫丽苔丝离开了。

我甚至没有写信给奥林普，告诉她我不上她那儿去了，我和这个姑娘是不拘礼的。我一个礼拜难得和她过上一夜，我相信，她会从大街上随便哪个通俗喜剧演员那儿得到安慰的。

我出去吃了个晚饭，几乎立刻就赶回来了。我嘱咐仆人给所有的炉子都生上火，并且还打发走了约瑟夫。

在一小时的煎熬等待中，我难以说出形形色色的想法，我的心情难以平静。大约九点钟我听到门铃的时候，我百感交集、十分激动，以致我去开门时，必须扶着墙以免跌倒。

幸好会客室的光线暗淡，不容易看出我的脸色变化。

玛格丽特走了进来。

她穿一身黑衣服，还戴着面纱。我几乎认不出她在面纱下的面容。她来到客厅，揭开了面纱。她的脸色像大理石一样惨白。

“我来了，奥尔马，”她说，“您希望看到我来，我就来了。”随后，她低下头，双手捧着脸泣不成声。

我走近她。

“您怎么了？”我对她说，声调都变了。

她紧紧握住我的手，一言不发，因为她已经泪如泉涌了。但是过了片刻，她平静了一些之后对我说：

“你害得我好苦，奥尔马，可是我并没有对不起您的地方。”

“没有什么对不起我吗？”我冷冷地反驳道。

“除了情势所逼之外，我什么都没做。”

我见到玛格丽特之后心里的感觉，不知道您的一生中有没有感受过，或者在以后是否会感受到。

上次她去我家里，她就是坐在刚刚坐的地方，只不过从此以后，她做了别人的情妇，和她在一起的人已经不是我，而是别人。但是我还是禁不住把嘴唇凑上前去。我感觉我仍旧像从前那样爱着这个女人，甚至比以前更甚。

然而我很难开口谈她来的原因。玛格丽特大概明白我的意思，于是她继续说：

“我打搅您了，奥尔马，因为我来有两件事想求您帮忙。请原谅昨天我对奥林普所说的那些话，不要再做您为对付我而可能还要做的事，请您发发慈悲饶了我吧。自从您返回巴黎之后，不管您是否是有意的，您给了我很多的伤害，即使像我今早所受的折磨的四分之一，我也无法忍受啦。您会怜悯我的，是吗？而且您也明白，像您这样一个心地善良的男人，除了对一个像我这样忧郁成疾的女人报复，还有很多更加高尚的事可以做呢！啊，您摸摸我的手，我在发烧，我离开病床不只是为了来请求您的友谊，而是请求您高抬贵手。”

我握住玛格丽特的手。她的手果然烧得发烫，可怜的女人裹在丝绒外套里面瑟瑟发抖。

我把她坐着的扶手椅移到炉火边。

“您以为我就不痛苦吗？”我继续说，“那天晚上，我先是在乡下等您，后来我又去巴黎找您。可是我在巴黎却只是找到了这封差点让我发疯的信。

“您怎么能欺骗我呀？玛格丽特，我那时候是多么爱您啊！”

“不要说这些了，奥尔马，我不是来与您谈这个话题的。我不希望我们像仇人般地见面，如此而已。我还希望再握一次您的手。您拥有一位您很爱的、年轻貌美的情妇，愿你们俩生活幸福，忘记我吧！”

“那么您呢，您肯定很幸福啰？”“我的面容看上去像一个幸福的女人吗，奥尔马？不要拿我的痛苦来嘲笑我了，您比谁都明白我痛苦的原因以及程度。”

“即便您真的像您所说的那般不幸，那么您是否要改变这种状况也取决于您自己。”

“不，亲爱的朋友，客观环境不以我的意志为转移。您好像是说我顺应了妓女的天性，不是如此的，我服从了一种迫切的需求，有朝一日您会明白的，而且您也会因此而原谅我的。”

“您为什么不在今天就告诉我这些原因呢？”

“因为告诉了您这些原因也无法让我们重修旧好，甚至您也许还会因此疏远您不该疏远的人。”

“这些人指谁？”

“我无法告诉您。”

“那么您就是在撒谎喽。”

玛格丽特站起身，朝门口方向走去。

当我在内心把这个形容枯槁、泪流满面的女人和当初在喜剧歌剧院嘲笑我的姑娘作对比，我无法看着她的沉默和形之于外的痛苦而无动于衷。

“您不能走。”我拦在门口说。

“为什么？”

“因为，尽管您如此对待我，我依旧始终爱着您，我需要您留下来。”

“为了明天赶我走，是吗？不，这是无法办到的！我们两个人的缘分已经结束了，就别再试图破镜重圆了，不然您可能会蔑视我，而现在您只是怨恨我。”

“不是这样的，玛格丽特，”我喊道，觉得只要一遇上这个女人，我所有的爱和愿望都苏醒了。“不，我会忘记一切的，我们会像曾经那样海誓山盟，那样快乐美满的。”

玛格丽特怀疑地摇摇头说：“可是我不就是您的奴隶，您的狗吗？您愿意怎么处置就怎么处置吧，占有我吧！我只是属于您的。”

她脱掉外套和帽子，把它们扔在长沙发上，突然解开连衣裙的上身扣子，因为她的病情常常会出现一种反应，好像血从心口直涌上头来，让她无法透过气来。

随之而来的是一阵嘶哑的干咳。

“派人去和我的车夫说，”她继续说，“把我的马车赶回去。”

我亲自下楼打发走车夫。

当我返回来的时候，玛格丽特就躺在炉火前面，冻得牙齿格格作响。

我抱她在怀里，替她脱掉衣服，她一动也不动，浑身冰凉，我把她抱到我的床上。

接着我坐到她身旁，试图用我的温存让她的身体温暖起来。她一言不发，只是对着我笑。

噢！这是一个让人不能忘怀的不同寻常的晚上。玛格丽特的生命几乎全部倾注到她给我的狂吻当中。我是如此爱她，以至于在我极度狂热的爱情袭来的时候，我一度寻思是否要杀了她，这么一来她就永远不会属于别人了。

一个人的肉体以及心灵都像这样爱上一个人的时候，就只能剩下一具躯壳了。

天蒙蒙亮时，我们两人都醒了过来。

玛格丽特面如土色，仍然默不作声。大颗仿佛钻石般的晶莹的泪珠，不断地从眼眶滚落到脸颊上。她疲乏无力的手臂不时地张开，想拥抱我，却又无力地垂落到床上。

一时之间我以为我可以把离开布吉瓦尔以来的事全部忘掉，我告诉玛格丽特：

“我们一走了之，离开巴黎，你愿意吗？”

“不，不，”她简直惊慌失措地对我说，我们以后会倒霉透顶的。我再不能给你幸福，但是只要我还有一口气在，你就可以随心所欲地对待我。无论是白天黑夜，只要你需要我，你就来吧，我是属于你的！可是别再把你我的前途和命运联结在一起，这样你会非常不幸的，也会让我非常不幸。

“我现在暂且还称得上是一个漂亮的姑娘，好好地享用吧！但是别向我苛求什么了。”

她离开之后，我感到孤独寂寞，非常恐慌。她走了大约两个小时了，我仍然坐在她已离开的床上，凝视着遗留着她脑袋形状的皱褶的枕头，一边寻思着在嫉妒和爱情之间我会变成什么样子。

下午五点钟，我去了安泰街，也不知道自己到那里去是要干什么。

拉尼娜给我开了门。

“夫人无法接待您。”她窘迫地告诉我说。

“为什么？”

“德·N伯爵先生现在正在这里，他不准我放任何人进去。”

“对，”我期期艾艾地说，“我忘了。”我仿佛一个醉汉似的回到家里，您知道我在嫉妒得发狂的一瞬间做了什么吗。这时候我完全做出一件不光彩的事，您知道我做了什么？我感觉这个女人在嘲弄我，我想象她和伯爵的幽会，对他重复着昨天夜里对我说的话，还不让其他人来打搅，于是我拿了一张五百法郎的钞票，写了以下几个字，一同给她送过去：

“今天早上您离开得太匆忙，我忘了给您付钱了。

这是您的过夜费。”

送走这封信之后，我就出去了，好像是想逃避做了这种卑劣的事之后出现的一阵内疚。

我去了奥林普家，我进去的时候她正在试穿连衣裙，当只有我们两个人在的时候，她就给我唱些淫词艳曲，让我消遣散心。

她是一个完全不知羞耻、没有心肝、缺乏头脑的妓女典型，至少对我来说是如此。因为也许有其他的男人刚和她一起做过美梦，就像我和玛格丽特一起做过美梦一样。

她向我要钱，我给了她，然后我就走了，直接回到自己家里。

玛格丽特一直没有给我回信。

用不着和您说我是在怎样激动不安的心情下度过第二天的。

六点半的时候，一个脚夫送来一封信给我，里面装着我之前写给她的那封信和五百法郎的钞票，此外多一句话都没有。

“是谁交给您这封信的？”我问这个脚夫。

“是一位太太，她和她的女仆一起乘坐到布洛涅[1]的邮车离开了，她嘱咐我等邮车离开院子以后再去送信。”

我飞奔赶到玛格丽特家里。

“夫人今天清晨六点钟就动身去英国了。”看门人回答我说。

没有什么可以让我再留在巴黎了，不管是恨还是爱。我受到的全部的打击，已经使我精疲力竭了。刚好我的一个朋友要去东方旅行，我便写信告诉我父亲，我想陪朋友一起去。父亲寄给我一些汇票和几封介绍信，八九天以后，我便在马赛上了船。

在亚历山大[2]，我从一个曾在玛格丽特家里见过几次面的大使馆随员那儿，获悉了这个可怜的姑娘的病情。

接着我给她写了一封信，她给我写了一封回信，我是在土伦[3]才收到的，这封回信您也早就看过了。

我即刻就动身返回，之后的事您就都知道了。

如今您只需要读一下朱丽·迪普拉交给我的那些日记就行了，是对我刚才讲给您的故事不可或缺的补充。

---

① 法国第一大渔港，位于英吉利海峡近。

② 埃及重要港口。

③ 法国城市，濒临地中海。

第二十五章

奥尔马的长篇叙述，时常因为哭泣而中断。他讲得很疲惫，交给我玛格丽特亲手写的日记之后，他就用双手按住额头，合上眼睛，可能是在思量，也可能是想睡觉。

过了一阵儿，我听到奥尔马发出一阵稍带急促的呼吸声，证明他已经睡着了，然而他仅仅只是打了个盹儿，一点轻微的响动就会让他惊醒过来。

下面即我所看到的日记内容，我连一个音节也不改动地转录如下：

今日是十二月十五日，我已经不舒服三四天了。今天早上我躺在床上，天色阴沉，我怏怏不乐。我身边一个人都没有，我很想念您，奥尔马。然而您呢？当我写下这几行字的时候，您在哪儿？有人告诉我，您已经离开了巴黎，去了很遥远的地方，或许您早已忘却了玛格丽特。总而言之，祝您幸福，您带给我一生中仅有的幸福时刻。我再也无法忍受了，我要把我过去的行为解释给您听。我前段时间已经给您写过一封信。但是，一封由我这样的女人写的信，极有可能被看作是满纸谎言，除非我死了，才能让这封信神圣化或者除非这不是一封普普通通的信，而是一份忏悔书。

今天我生病了，很有可能就这样直到病死，因为我一直预感到我的寿命在年纪轻轻的时候就会结束。我的母亲是因为肺病去世的，我那一贯的生活作风都在使我的病情加重——这是她遗留给我的唯一遗产。我不愿意就此悄悄辞世，您还不知道我的所有事情，要是您回来的时候，还关心那个您离开以前爱过的可怜女子的话。

以下就是那封信的内容，为了提供给我的辩解一个新的证明，我十分乐意再把它写一遍：

您还记得吧，奥尔马，我们在布吉瓦尔的时候，你父亲的到来使我们惊慌失措。您还记得他的到来让我不由自主的恐惧吧？您还记得您当晚跟我讲的关于您和他之间的龃龉吧？

第二天，您去了巴黎，然而左等右等总不见您的父亲回来，就在这时，却有一个男子来到我们的家，把一封狄沃尔先生写的信交给了我。

我现在把这封信附在这里，它用十分严肃的措辞要求我第二天找借口把您支开，以便接待您的父亲。他有话要跟我说，特别嘱咐我一定不要告诉您他的行动。

您还记得在您回来之后，我一再坚持要您第二天再去巴黎一次吗？

在您走后一个小时，您父亲就来了。他严峻的脸色给我的印象就不必和您多说了。您的父亲满脑子旧观念，他觉得凡是妓女都是一些没有心肝，毫无理智的人，她们只是一种榨钱机器而已，就好似钢铁铸成的机器一般，随时随地都会轧断递给它东西的手，丝毫不留情面，不分青红皂白地毁灭掉保护它和使用它的人。

您父亲为了要我同意接待他，先前就给我写了一封十分得体的信，然而他来了之后却不像他信上所写得那么客气。交谈刚开始的几句话，他就十分盛气凌人，傲慢无礼，甚至于还带着威胁的语气。后来，我不得不让他清楚，这是在我家里，如果不是因为我对他的儿子怀有真挚的爱情，我才不会告诉他我的生平。狄沃尔生先稍稍平静了一点，不过他还是告诉我说，他无法再容忍他的儿子因为我而倾家荡产。他说我长得确实非常漂亮，这是没错的。然而无论我多么漂亮，也不该利用我的姿色去挥霍无度，就像我眼下这样，断送一个年轻人的前途。

对这番话只能用一点来回答，是不是？就是只能提出证据。自从我做了您的情妇之后，为了忠实于您，而又不向您要求超出您经济能力范围的钱财，甚至不惜做出任何牺牲。我把当票拿出来给他看，那些不能典当的东西我就卖掉了，我把买主的收条也拿出来给他看。我还告诉您父亲，为了跟您一起生活而又不要给您带来过重的负担，我已经下定决心通过变卖我的家具来还债。我把我们的幸福生活讲给他听，也把您和我说过的那种平静和快乐的生活讲给他听。他终于明白和屈服了，向我伸出手来，请求我原谅他刚见到我时的无礼态度。

然后他继续对我说："那么，夫人，这样一来的话我就不是用指责和威胁的语气了，而是恳求您做出牺牲，这种牺牲和您已经为我儿子所做的牺牲相比还要大得多。"

我一听这个开场白就全身颤抖不已。

您的父亲走近我，紧握我的双手，亲切地继续对我说道："我的孩子，请您不要把我下面要跟您说的话往坏里想。不过您要清楚生活对于心灵往往是残酷的，然而这是一种要求，所以必须逆来顺受。您是个善良的姑娘，您的心灵里有很多宽厚的想法是一般女人所缺乏的。她们也许蔑视您，但却无法和您相比。不过您要想一想，一个人除了情妇之外还有家庭，除了爱情之外还有责任。要想到一个人在生活中经过了爆发激情的年龄以后就到了需要受人尊敬的成熟的年龄，这就需要占有一个稳固可靠的地位。我的儿子没有很多家产，可他却打算把她母亲的遗产赠给您。即使他接受了您就要付出的牺牲，他也会出于荣誉和尊严把这笔钱赠予你作为交换和报答。有了这笔财产，您就能永远避免捉襟见肘的生活。可是您的牺牲，他不能接受，因为世人不了解您，会以为他同意接受您的牺牲可能是由于一种不光彩的原因，以至于玷辱我家的门楣。人们不管奥尔马是否爱您，您是否爱他，这种相互之间的爱情对他是不是一种幸福，对您是否说明在重新做人。人们只看到一件事，那就是奥尔马·狄沃尔竟然能容忍一个受人供养的女人——我的孩子，请原谅我必须对您说这些话——为了他卖掉她拥有的所有东西。可是紧接着，责备和悔恨的日子就会到来，相信这点吧，这对您以及别人都是一样。你们两人套上无论如何都不能砸碎的枷锁，那时你们该做什么呢？你们浪费掉了大好的青春，我儿子的前途也被断送了。而我呢，作为他的父亲，我原来期待着两个孩子的报答，现在却只能指望一个孩子了。

您还年轻漂亮，生活会给您宽慰的。要是您是高尚的，做一件好事可以赎清您许多以往的罪过。奥尔马与您在一起的这半年来，他已经完全忘记了我。我曾经给他写了四封信，他一次都没有给我回信。或许我死了他都还不知道呢！

奥尔马如此爱您，无论您下了怎样的决心以后不再像以前那样生活，他也决不会因他的清贫而让您跟他过苦日子的，而且这种深居简出的生活与您的美貌是不相称的。到那时，谁知道他会做出什么事！他赌钱，这个我清楚，他和您只字不提，这个我也清楚。但是，他很可能在感情兴奋的时候，输掉一部分我多年来积攒起来的钱，这部分钱是为了给他妹妹办嫁妆用的，也是为了他，同时为了我老来能安度晚年。还得未雨绸缪，准备应付可能发生的意外事故。

另外您是否可以确定您再也不会被为了他而抛弃的那种生活所吸引吗？随着年龄的增长，假如爱情的梦想被雄心勃勃的事业心所取代，你们的关系就会给您情人带来某些束缚您可能无法给他安慰，难道您不觉得痛苦吗？这一切您都要想清楚，夫人。要是您爱奥尔马，您就只能通过这种方式向他证明您的爱情：为成全他的前途而牺牲您的爱情。虽然现在还没有什么不幸，但是今后会发生的，也许比我料想的还要糟糕。奥尔马会嫉妒爱上您的男人，他或许会向这个人发出挑衅，和他决斗，最后对方就可能把他杀死。您想想，在我面前，在面对这个要求您为他儿子的生命负责的父亲的时候，您将会感到多么无地自容啊。

总之，我的孩子，我对您和盘托出吧！因为我还没有把全部都说出来，您要知道我到巴黎来的原因。我还有一个女儿，我刚才和您提到过她，她年轻漂亮，像天使一样纯洁。她正在谈恋爱，她同样也把这爱情当成她一生的美梦。我把这一切都写信和奥尔马说了，但是他的所有心思全在你身上，他没有回信给我。现在我的女儿将要结婚了。她就要嫁给她所深爱的男人，就要踏入一个体面的家庭，这个家庭希望我们家也能够体体面面。一旦我未来女婿的家庭知道了奥尔马在巴黎的生活，肯定向我宣称，要是奥尔马继续过这种生活，就会取消婚约。您掌握着一个女孩子的命运，但是她丝毫没有冒犯过您啊，而且她应该拥有美好的前途和未来。

您有权利或者有力量去破坏她美好的未来吗？考虑到您的爱情和悔恨，玛格丽特，把我女儿的幸福赐给我吧。

我亲爱的朋友，我边听这些解释边无声地哭泣，这些情况我曾经也反复思考过，而且这些事情从您父亲嘴里听到，就更加显得实实在在。我在想着所有那些您的父亲不知道多少次到了嘴边又不敢对我直说的话：我毕竟只是一个受人供养的女人，不管我说得多么有理，我们的关系看起来总是像一种自私的打算。我过去的生活不允许我去梦想这样的未来，那么我不得不对我的习惯和名誉所造成的后果承担责任。总之，我爱您，奥尔马。狄沃尔先生对我像慈父般，我对他产生了圣洁的感情，我希望赢得这个正直的老人对我的尊敬，并且我相信今后会得到您的尊敬，所有的这一切唤起了我心中崇高的思想，这些思想使我在心目中感到了自己的价值，并且使我产生了从来没有过的圣洁的自豪感。当我想到这个为了他儿子的前途而苦苦向我哀求的老人，有朝一日会告诉他女儿，要把我的名字作为一个神秘的朋友的名字来祈祷，我的思想境界就完全换了一个人，我的内心感到十分骄傲。

一时的亢奋也许夸大了这些印象的真实性，可这就是我当时的真情实感，朋友。和您一起度过的那些幸福日子的回忆，曾在另一边让我有一些想法，但这种新的感情，把那些想法都压下去了。

“好吧，先生，”我一边对您的父亲说，一边抹着眼泪，“您相信我对您的儿子的爱是真心的吗？”

“相信！”狄沃尔先生说。

“您相信这是一种无私的爱情吗？”

“是的。”

“您相信我曾经把这种爱情当作我生活的希望，梦想和安慰吗？”

“完全相信。”

“那么，先生，就像拥吻您的女儿那样吻我一次吧，我向您起誓，这个我所得到的仅有的真正圣洁的吻，会给我力量战胜爱情的。一个星期以内，您儿子就会回到您身边，他也许会难受一段时间，但他从此就一劳永逸地解脱了。”

“您是一位伟大的姑娘，”您的父亲拥吻了我的前额，对我说，“您要做的是一件天主也会重视的事，但是我很担心您毫无办法让我儿子同意。”

“噢！请放心，先生，他最终会恨我的。”

我们之间从此必须筑起一道不可逾越的障碍，为了您，也为了我。

我写信给甫丽苔丝，跟她说我接受德·N伯爵先生的要求，让她告诉伯爵，我邀请他们俩一起吃夜宵。

我把信封好，没有告诉您父亲里面的内容，我请他到巴黎之后派人按地址送信。

但他还是问了我信里面都写了什么内容。

“内容关系到您儿子以后的幸福”。我回答他。

最后您的父亲又一次拥吻了我。我感觉到有两滴感激的眼泪滴在我的前额上，这两滴眼泪就仿佛是对我以往所犯错误的洗礼。在我刚同意委身于另一个男人的时候，一想到用这个新的错误去赎回前愆，我就自豪得神采飞扬。

这是情理中的事，奥尔马。您曾经告诉过我您父亲是世界上最正直的人。

狄沃尔先生乘上马车走了。

可是我终究是个女人，当我再次见到您之后，我不由自主地哭了，但我没有表现出动摇。

今天我卧病在床，可能要到死才能离开这张床。我在想：“我做得对吗？”

随着我们不可避免要分离的时刻越来越近，我的感情流落您是亲眼看见的。您的父亲已经不在那儿，没有人支撑着我了。一想到您要怨恨我，要蔑视我，我是多么惶惶然啊，有一瞬间我几乎要向您和盘托出了。

有一件事您大概不会相信，奥尔马，就是我祈求天主赐予我力量。能证明他接受了我的牺牲的是，它赐予了我所祈祷的力量。

那天吃夜宵的时候，我依旧需要帮助，因为我不愿意知道自己即将会做些什么，我多么担心我会没有勇气啊！

有谁会相信我，玛格丽特·戈迪尔，一想到即将有一个新情人的时候是多么痛苦呢？

为了忘记一切，我借酒消愁，第二天醒来的时候我睡在伯爵的床上。

这就是所有事情的真相，朋友，请您来评判吧，并且原谅我吧！就如同我已经原谅了您从那天起所给我的所有伤害一样。

第二十六章

在那决定命运的夜晚以后所发生的事，您和我一样清楚，不过在我们分开以后我所遭受的痛苦却您是不知道的，也是您无法想象的。

我知道您的父亲已经带走了您，但是我不太确定您没有我能生活下去。记得那天我在香榭丽舍大街遇到您，那时我很激动，然而并不感到惊讶。

于是就迎来了那一连串的痛苦日子，每一天您都给我带来一种新的侮辱，这些侮辱可以说我都近乎快乐地接受了，除了因为这种侮辱是您一直爱我的证明以外，我仿佛还觉得您越是折磨我，等到您知道真相的时候，我在您的眼里就越是显得崇高和伟大。

别为我这种苦中作乐的精神而感到惊讶，奥尔马，您从前给予我的爱情打开了我的心扉，使我能容纳崇高的激情了。

但我不是立即就变得这么坚强的。

在我为您做出牺牲和您回来之间的相当长的一段时间里，为了免得自己发疯，为了在我沉溺的那种生活中自我麻醉，我需要借助于肉体上的疲劳。甫丽苔丝不是向您提起过，我参加所有的晚会、舞会和欢宴吗?

我多么希望自己由于纵情欢乐而死去，而且我深信，这个愿望很快就会实现的。我的身体必然越来越坏了，在我打发托维奴瓦太太来向您求饶的时候，我已是心力交瘁了。

奥尔马，我不愿意向您再说起，在我最后一次证明给您我的爱情时，您是如何报答我的；您又是用怎样的侮辱方式把这个可怜的女人赶出巴黎的。这个濒临死亡的女人，在听到您向她要求一夜之欢而无法拒绝的时候，她仿佛一个失去理智的人，曾一度觉得她能够把过去和现在焊接在一起。您有权利做您自己想做的事，奥尔马。其他在我那儿过夜的人出价并没有那么高的。

于是我把所有弃之不顾！奥林普在德·N先生身旁代替了我，有人对我说，她已经把我离开巴黎的原因告诉了他。德·G伯爵在伦敦，他这样的人十分看重和我这样的女人调情，为的是能有愉快的消遣。他和跟他相好过的女人总是维持着朋友关系，既不争风吃醋，也不怀恨在心。总之，他是一位阔老爷，他只打开他心灵的一角给我们，但他的钱包倒是一直对我们敞开着。我马上想到了他，并且找到他。他非常周到地接待了我，但是他已经在那边有一个情妇了，是一个上流社会的女人。他生怕和我的关系传出去会招惹是非，对他不利，便把我介绍给他的朋友们，他们邀请我吃夜宵，然后其中有一个人就带走了我。

您要我如何抉择呢，我的朋友？

自杀吗？这也许给您本应幸福的一生带来不必要的内疚。况且，一个本就行将入木的人何必要自杀呢？

我成了一个失去灵魂的躯壳，没有思想的东西。我过了一段行尸走肉般的生活，然后又回去巴黎，打听您的信息，于是我才知道您早已动身去长途旅行了。我没有任何支持了，我的生活又恢复到了两年前我认识您时那样了。我试图再劝公爵回来，但是我已经伤透了这个老人的心，老年人是没有耐心的，无疑是因为他们发现自己不是长生不老的吧。我的病情越来越严重，我脸色苍白，心情忧郁，越来越瘦。出钱买爱情的男人在取货之前还要先看看货色，在巴黎随处可见比我健康、比我丰腴的女人，大家似乎已经忘却我了。这些就是直到今天以前的情况。”

现在我已经病入膏肓了。我给公爵写信，想问他要些钱，因为我已经囊中羞涩，债主们又纷至沓来，他们毫无同情心，带着账单来逼我还账。公爵会给我回信吗？然而您却没在巴黎，奥尔马，您怎么不在巴黎啊！要是您在的话，您会来看我的，您的拜访会给予我安慰的。

十二月二十日

天气很恶劣，又下着雪，我孑然一身。三天来我始终在发高烧，无法给您写一个字。没有什么新情况，我的朋友。每天总是在希望能收到您的来信，但是没有来，并且永远都不会来了。唯有男人才狠得下心肠不给人宽恕。公爵也再没有给我回信。

甫丽苔丝又开始跑当铺了。

我经常不停地咯血。噢！要是您看见我，一定会很难过的。您在一个有和煦阳光的天空下是很幸福的，不像我这样，整个冰雪覆盖的严冬都压在我的胸口上，您真是太幸福了。今天我起来了一会儿，隔着窗帘，我看到了巴黎熙熙攘攘的生活，我已经跟这种生活一刀两断了。有几张熟悉的面孔快步穿过大街，他们欢欢喜喜，无忧无虑，没有一个人抬头望一望我的窗口。唯有几个年轻人来过，也只是留下了姓名。记得以前曾有一次我生病的时候，您每天早晨都来打听我的病情，虽然那时候您还不认识我，您仅仅是在第一次见到我的时候从我那儿得到过一番羞辱。而现在我又病倒了。我们曾在一起生活了半年。我把凡是一个女人心里装得下的和能够给予别人的爱情全都给了您。可是您远在天边，您在诅咒我，我无法得到您一句安慰的话。是命运促使您这样遗弃我，我确信不疑，要是您在巴黎，您是不会离开我的床头和房间的。”

十二月二十五日

给我治病的医生不让我每天都写东西。确实，回首往事只会让我的体温不断升高。可是昨天我收到一封信，这封信让我觉得舒服多了，信中所表达的感情情要比它带给我的物质援助更让我开心。于是，我今天能够给您写信。那封信是您父亲寄过来的，下面就是信里的内容：

太太：

我刚刚才获悉您生病了。要是我在巴黎的话，我会亲自来探望您的病情的。要是我的儿子还在我身边的话，我也会让他去了解您的消息的。但是我无法离开C城，而奥尔马又远在六七百法里以外的地方。因此，请让我简单地写封信来问候您，太太，您生病了我十分难过，但请相信我真诚的祝愿，我诚挚地祝愿您早日恢复健康。

我的一位好朋友H先生会去拜访您，请您接待他。我请他为我办理一件事，我正焦急地等待着事情的结果。

致以最崇高的敬意！

这就是我收到的那封信。您的父亲怀有一颗高尚的心，您要好好地尊敬和孝顺他，我的朋友。因为世界上很少有值得我们爱戴的人。这张署上他名字的信纸，远比我们的名医开出的一切药方都要有效得多。今天早上H先生过来拜访我了。狄沃尔先生托付给他的使命，似乎让他很是为难。他是特意代表您父亲带一千埃居给我的。最开始我想拒绝，但是H先生对我说，要是我不接受的话会冲撞狄沃尔先生的。狄沃尔先生让他先给我这笔款子，然后再满足我的其他需求。我接受了这笔帮助，这来自您父亲的援助不能称为施舍。如果您回来的时候我已经去世了，请把我上面所写的两段话交给他看，并告诉他，他好意写给慰问信的那个可怜的姑娘，在写下这几行字的时候流下了感激的热泪，并且为他向上帝祈祷。

一月四日

我刚度过了一段非常难熬的日子。我以前不知道生病会让人这么痛苦。噢！我曾经的生活啊！现在加倍偿还给我了。

每天夜里都会有人照料我。我无法喘过气来。我可怜巴巴的一生余下的日子就这么在说谵语和咳嗽中度过。

我的餐厅里摆满了我的朋友们送过来的糖果和各式各样的礼物。在这些人当中，不消说肯定有人希望我将来能做他们的情妇。要是他们看到疾病把我折磨成了什么模样，他们肯定会吓得逃之夭夭的。

甫丽苔丝把我收到的新年礼物拿去送礼。

天气寒冷彻骨。医生告诉我，要是天气持续好下去，过几天我

就可以出去走走了。

一月八日

昨天我乘着我的马车出门。外面阳光灿烂，香榭丽舍大街上人头济济，真是一个阳光明媚的早春。我的周围一片欢乐的节日气氛。我从未想过，我还能够在阳光下看到往日那些让人开心、温馨以及欣慰的氛围。

我差不多碰到了全部的熟人，他们一直是那么兴高采烈，仍旧忙于寻欢作乐。有那么多身在福中不知福的人啊！奥林普坐在德·N先生送给她的一辆漂亮的马车里从我身边经过。她试图用目光来羞辱我，她不知道我现在已经和虚荣心相距十万八千里了。一个我早就认识的正派青年，问我是否愿意和他一起吃夜宵，他说他的一个朋友很想认识我。

我凄苦地笑了笑，伸给他看我烧得滚烫的双手。

我从来没有见过比他更大惊失色的面孔。

四点钟左右我回到家里，吃晚饭的时候胃口还非常好。

这次出门对我的身体来说是有益处的。

要是我的病治好了，那该有多好啊！

有一些人前一天还灵魂孤独，在阴沉沉的病房里祈求早点死去，但是当见到别人的幸福和活力之后，便有了一种继续活下去的愿望。

一月十日

希望恢复健康只不过是一个梦想。我又重新躺倒在床上，身上涂满了让我全身发烫的膏药。以前千金难买的身体，现在能值几何呢！

我们一定是前世作孽太多，要不就是来生会尽享荣华，所以上帝才让我们今生经历一些赎罪的折磨以及各种痛苦的考验。

一月十二日

我一直很难受。

德·N伯爵昨天来给我送钱，但我拒绝了。这个人的东西我根本不要，就是因为他您才没有留在我身边。

唉！我们在布吉瓦尔的日子多美啊！那些美好的日子如此安在？

此刻您又在哪儿啊？

只要我还能活着走出这个房间，我一定会去朝拜我们一起住过的那座房子，可是看来我只能在死后被抬着出去了。

谁知道我明天还能不能再给您写信呢？

一月二十五日

我已经有十一个晚上无法好好安睡了，我闷得透不过气来，我时刻都觉得自己快死了。医生叮嘱我不能再动笔了。朱丽·迪普拉看护着我，她倒允许我给您写下这几行字。难道在我离世以前您就不会回来了吗？难道我们之间的全部关系就这样永远结束了吗？我觉得要是您回来的话，我的病就能康复。可是康复了又有什么用呢？

一月二十八日

今天早晨，我被一阵很大的喧闹声吵醒了。睡在我房里的朱丽立刻冲进餐室。朱丽在和几个男人争吵，可什么用都没有。然后她哭着回来了。

原来他们是来查封的。我告诉朱丽，让他们去执行他们所说的司法命令吧！我看见执法员戴着帽子，走进我的房间。他们仔细地检查每一个抽屉，一一登记下看到的东西，但是好像没有看到床上还躺着一个生命垂危的女人一般。幸好法律仁慈，总算没有查封掉这张床。

他们在临走时告诉我，我可以在九天之内向法院提出反对意见，但是他们留下了一个人来看守！天啊，我变成什么啦！这场风波让我的病情加重了。甫丽苔丝想向您父亲的朋友要些钱，但是我反对她这样做。

今天早上我收到了您的来信，这是我期盼已久的。您能否及时收到我的回信呢？您还能来看我吗？这是幸福的一天，它让我忘掉了六个星期以来我所度过的全部日子。虽然我在给您写回信的时候心情非常悲哀，但我现在觉得已经好受多了。

总之，人不可能永远不幸的。

我想，或许我死不了，或许您会回来，或许我将再一次看到春天来临，或许您依旧是爱我的，或许我们又可以重新开始从前的生活了！

我简直要发疯了！我几乎都无法握住笔了，可是我正在用这支笔把我疯狂的梦想写给您。

无论发生什么事，我都会深深地爱着您。奥尔马，要是没有了爱情的回忆和希望您在我身边的梦想支撑着我，我可能早已不在人世了。

二月四日

德・G伯爵回来了。原来他的情妇骗了他，他心里很难过，他本来是非常爱她的。他告诉了我所有的一切。这个可怜的年轻人的事业发展很糟糕。

我和他谈起了您，他答应我向您说说我的近况。这时我竟然忘记了我以前做过他的情妇，而他也想让我忘掉这件事！我发现他的心地很善良。昨天公爵派人过来打听我的病情，今天早晨他亲自来了。我不清楚这个老头是如何生活下来的。他在我的身边待了三个小时，但是没有和我说几句话。当他看到我惨白的脸色时，两大滴泪珠从他的眼眶里滴落下来。他大概是想到了他女儿的去世才哭的。

他就要看着她死第二次了。他伛偻着背，耷拉着脑袋，嘴角下垂，目光黯淡，他衰朽的身体背负着岁月和痛苦这两个重负。他还从没责备过我一句，别人甚至会说他看到病魔对我的摧残而暗自幸灾乐祸呢！我年纪轻轻的，就已经被病痛压垮了，看得出来他正对自己可以站立而觉得洋洋得意呢。

天气又变坏了。没有人来看望我，只有朱丽尽心尽力地照顾我。因为我不能再给予甫丽苔丝像以前那么多钱，她就开始借口有事不到我这里来了。

来了好几位医生，这更证明我的病加重了。既然我的死期已临近，我开始后悔顺从您父亲了。要是我早知道在您以后的生活中我只占用一年的时间，至少我会握着朋友的手死去。要是我们一起生活这一年，我不会死得如此快，这倒是真的。

“上帝的意思是不可违拗的！”

二月五日

奥尔马，我难受得要命，我要死了，我的天哪。

昨天我还是那么愁肠百结，我竟然不想待在家里，而宁愿到其他地方去度过晚上，我觉得这一晚会和前一晚一样漫长难眠。早上公爵来过了。我觉得见到这个被死神遗落了的老头，会让我死得更快。

虽然我还发着高烧，但我还是让人给我穿好衣服，坐车去沃德维尔剧院。我让朱丽帮我涂了胭脂和口红，不然我真有点儿像一具僵尸了。我来到第一次和您约会的那个包厢，我用全部的时间一直盯着那天您坐过的座位，可是昨天那儿却坐着一位乡巴佬，一听到演员庸俗的插科打诨，就粗野地哈哈大笑。我被送回家时，已经半死不活。我整个晚上都在咯血。今天我说不出话了，只可以勉强动动胳膊。天哪！天哪！

我快要死了，本来我就是在等死，可是我无法忍受这种简直超过我承受限度的痛苦，如果……

从这个字开始，玛格丽特勉强写下的几个字已难以辨认了。接着续写的是朱丽·迪普拉。

二月十八日

奥尔马先生：

自从玛格丽特坚持要去看戏的那一天起，她的病情就越来越严重。她的嗓子已完全无法发出声音，四肢也无法再动弹了。我们可怜的朋友所忍受的痛苦是难以言表的。我无法适应这种不安，我持续地感到恐惧。

我多么希望您眼下能在我们身边啊！她不停地在说谵语，但是，无论是在昏迷还是清醒的时候，只要她能说几个字，那肯定是您的名字。”

医生告诉我说，她已经活不长了。自从她病重以来，老公爵再没有来过。

他对医生说，这种场面太让他痛苦了。

托维奴瓦太太的为人真不怎么样。这个女人一直几乎全靠玛格丽特来维持生活，她以为在玛格丽特身上能弄到更多的钱。但她欠下一些债，现在已无法偿还的债。当她看见她的邻居对自己已经毫无用处的时候，她甚至都不来看她了。所有人都抛弃了她。德·G先生被债务逼得不得不又到伦敦去。在临走时，他送了些钱来给我们，我明白他已经是尽力而为了。可是眼下又有人来查封，债主们现在就等着她死，以便对她的东西进行拍卖。

我本来想用我仅剩的一些积蓄阻拦查封，但是执法员告诉我，这无济于事，而且他还要执行其他判决。既然她快要死了，还不如放弃一切的好，又何必为那她不想见到，而且也从未爱过她的家庭保全什么东西呢。您根本无法想象可怜的姑娘是如何在金玉其外败絮其中的环境中撒手人寰。昨天，我们已经一文不名了。甚至餐具、首饰、披肩，能当的都当了，其余的不是卖掉就是被查封了。玛格丽特对她周围出现的事意识很清楚，她肉体上、精神上以及心灵上都在忍受着痛苦。豆大的泪珠从她的脸颊滑落，她的脸苍白又瘦削，要是您看见的话，您也认不出这就是您过去的意中人的面庞。她要我答应在她无法再写字的时候给您写下去。她的眼睛望着我这边，但是她看不到我，因为她的目光早已被即将到来的死神遮住了。可是她依然在微笑，我可以肯定她的所有心思和整个灵魂都寄托在您的身上了。

每当有人开门时，她的眼睛就闪现出光芒，总以为是您来了。然而当她看到来人不是您的时候，她的脸上又恢复痛苦的神色，并被渗出的一阵一阵冷汗沾湿，面颊变得通红。

二月十九日，午夜

今天是个多么凄惨的日子啊，亲爱的奥尔马先生！今日早上玛格丽特已经透不过气了，直到医生给她放了血，她才回过一些气来。医生劝她请一位神父，她同意了。医生亲自到圣罗克教堂替她请来一位神父。

这时，玛格丽特叫我到她的床边，让我替她打开她的衣橱。她指着一顶便帽、一件镶满花边的长衬衫，用微弱的声音对我说：

“忏悔之后我就要死了，到时请您给我穿上这些东西：一个垂死的女人这样打扮比较好。”

接着她痛哭着拥抱我，又说：

“我可以讲话，但是讲话的时候我憋得慌；我憋得慌！透不过气！”

我泪如泉涌，打开了所有的窗户。过了片刻，神父进来了。

我向他迎过去。

当他知道是在什么人家里的时候，他似乎担心会受到冷遇。

“大胆进来吧，神父！”我真诚地对他说。

他没有在病人的房间里待多久，出来的时候对我说：

“她这一生过的是罪人的生活，但是她将会像一个基督教徒一样死去。”

过不多久他又回来了，一个侍童陪着他一起进来，手中擎着一个耶稣受难十字架，还有一个是圣器室管理人，摇着铃，在他们前面走着，象征上帝来到了临终者的家里。

他们三个人一起走进卧室，以前这里有过多少奇谈怪论，眼下却变成了一个圣体龛。

我跪了下来。我不知道这种场景留给我的印象会持续多久，但是我相信，到目前为止，人世间还没有发生过使我留下如此深刻印象的事情。

神父在垂危病人的脚、手和脑门上涂了圣油，背诵了一小段圣经，玛格丽特已做好了升天的准备，要是上帝看到了她生时的磨难和死时的圣洁，她无疑可以进入天堂。

从那时起，她一声不吭，动也不动。如果不是听到她的喘气声，我还觉得她已死了呢。

二月二十日，下午五点钟

一切都结束了。

玛格丽特在大约深夜两点钟进入弥留状态。并且从她嗓子里发出的叫喊声来判断，从未有一个病人忍受过这样的折磨。有两三回她从床上笔直地坐起来，似乎是想要抓住正在升天的生命一样。

也有那么两三次她喊着您的名字，随后一切又归于寂静，她精疲力竭地倒在床上。无声的眼泪默默地从她的眼眶里流了出来，她远离了尘世。

于是我继续走近她，呼唤她，她没有回答，我合上她的双眼，吻了吻她的额角。

可怜的、亲爱的玛格丽特啊，但愿我是一位圣洁的女人，就让这一吻把你托付给上帝吧。

然后，我按照她生前请求我做的那样给她穿戴好，我去圣罗克教堂找了一位神父。我为她点了两根蜡烛，在教堂里替她默默祈祷了一个小时。

我把她余下的一点钱全都施舍给了穷人。

我对宗教不大在行，可是，我想上帝会明白我的眼泪是真挚的，我的祈祷是虔诚的，我的施舍是真心真意的。上帝会怜悯她，她去世的时候还年轻貌美，只有我一个人为她合上双眼，替她送葬。

二月二十二日

今天举行了葬礼，玛格丽特的许多女友都赶到教堂，有几个还真诚地哭了。当送葬队伍向蒙马特尔公墓走去的时候，只有两个男人跟在队伍后边，一个是德·G伯爵，他特地从伦敦赶回来，另外一个是公爵，两个随从搀扶着他。

我是在她的家里，含着眼泪，在灯光下把所有详细经过写下来告诉您的。在惨淡地燃烧着的灯光旁边，放着晚饭，正如您想象的那样，我一口饭也吃不下。可是拉尼娜还是吩咐下人做好了，因为我已经整整二十四小时没有吃东西了。

这些阴惨惨的景象无法长期留在我的记忆里，因为我的生命已经不再属于我了，就和玛格丽特的生命不再属于她一样，因此我就在发生这些事情的地方把这些事原原本本地告诉您。生怕时间一长，我在您回来的时候就无法把这些惨相确切地讲给您听。

第二十七章

“您看完了吗？”当我看完这些手稿之后，奥尔马问我道。

“要是我所读到的都是真实的话，我的朋友，我了解您经受的是怎样撕心裂肺般的痛苦！”

“我父亲在一封回信中向我证实了所有。”

我们又谈论了一会儿这个女子寿终正寝的悲惨命运，然后我回家休息了一会儿。

奥尔马始终很伤心，但是讲述了这个故事之后，他心情稍微轻松了一些。他很快恢复过来，我们一起去拜访了甫丽苔丝与朱丽·迪普拉。

甫丽苔丝刚刚破了产。她告诉我们是玛格丽特害她破产的。玛格丽特在生病的时候，曾向她借了许多钱，于是她开了一些无法偿还的期票。玛格丽特死的时候没能还钱给她，因为没有给她收据，所以她算不上债权人。

托维奴瓦太太四处散布这种无稽之谈，并且为她经济困难找托词。她凭借这样的说法，从奥尔马那儿捞到一张一千法郎的钞票。虽然奥尔马不相信她说的，但是他宁可假装信以为真，他对所有和他情妇接近过的人和事都十分尊敬。

然后我们去了朱丽·迪普拉家里，她向我们讲述了她亲眼看见的悲惨经过，在回忆起她的朋友时，她禁不住潸然泪下。

最后，我们来到玛格丽特的墓地，四月的阳光催开了新绿的树叶。

奥尔马还剩最后一件必须要做的事，那就是去见他的父亲。他还希望我陪同他一起去。

我们一起到了C城，在那儿我见到了狄沃尔先生，他就像他儿子给我描述过的那样：神态威严，身材高大，性情和蔼。

他噙着满眼幸福的泪水迎接奥尔马，并亲切地和我握手。不一会儿，我就发现在这个收税员的身上，父爱凌驾于一切之上。

他的女儿叫布朗什，眼睛明亮，目光清澈，嘴唇漾出微笑。所有这一切表明她的灵魂里只孕育着圣洁的思想，她的嘴巴只能说出虔诚的话语。见到哥哥回来，她莞尔一笑，贞洁的少女不了解，一个远离她的妓女，仅仅为了维护她的幸福，牺牲了自己的幸福。

我在这个幸福的家庭里住了一段时间，全家人都把心思放在这个归来时心灵的创伤刚刚平复的人身上。

我回到巴黎，按照我所听到的记录下这篇故事。这篇故事唯一的可取之处，就是它的真实性，不过这一点大概会引起争议。

我不想从这个故事中得出如下结论：凡是像玛格丽特那样的妓女都能够像她那样地为人。而事实也远非如此，但是我知道她们当中的一位姑娘，在她的一生中曾有过一次十分真挚的爱情，她为此而受尽磨难，直至死去。我把我听到的故事讲给读者听，这是一种责任。

我不是在宣扬邪恶堕落，但是不管在什么地方，只要我听到这种品格高尚的不幸者在祈求，我就要为他们大声疾呼。

我再重申一遍，玛格丽特的故事是一个特例；但是倘若这样的故事司空见惯的话，也就没有把它写下来的必要了。